꽃잎이
뜸 들이는
시간

꽃잎이
뜸 들이는
시간

민경숙
산문집

내가 쓴 글에는 유난히 '사람'이 많이 나옵니다. 아니, 거의 모두 사람 이야기입니다. 좋은 사람. 잊을 수 없는 사람. 잊으면 안 될 것 같은 사람들입니다. 하긴 사람만큼 중요한 화두가 있을까요. 사람이 오고 가고 파문을 일으키고 사라져가는 것이 인생이니까요. 내 마음속에 스며든 그들의 온기가 머물러 있을 때 사진을 찍듯 적어 남기고 싶었습니다. 사실 책이 나오기 전에 이 사람 중 하나라도 아프거나 사라질까 봐 전전긍긍이었습니다.

누군가 물어왔어요. 왜 주변에 그렇게 좋은 사람만 있어요? 아닙니다. 만약 그렇다면 불행한 일이죠. 계절이 바뀌지 않는 것처럼요. 어디까지나 한 사람에게 있는 한 구간의 이야기입니다. 세수를 막 한 그의 옆얼굴을 내가 무심코 보게 된 일. 그때 마침 말간 햇빛이 적당한 각도로 한쪽 뺨을 빛나게 하던, 그 찰나의 아름다움을 찰칵 찍은 스냅 사진 같은 것입니다. 뿌옇게 된 안경을 입김으로 호— 불어서 닦듯 그 삶의 빛나는 한 부분을 말갛게 윤나게 닦아보았지요. 그 시점에서 보이는 그대로를 바라보았습니다. 나머지는 그들이 이야기를 끌고 가주었고요.

한 사람은 한 구간을 환히 밝히며 역할을 다하다가 무대 뒤로 사라지곤 했지요. 나는 그저 그 '한때'를 우연히 포착해 기록한 거고요. 그때에 맞추어 꽃이 피고 비가 오고 사건이 생겨서 저절로 한 서사가 완성되곤 했습니다.

다만, 앵글과 빛에 따라 전혀 다르게 나오는 게 사진의 주관성이므로, 모든 인물의 이미지를 재구성하는 데 내가 가진 작가의 권력을 이용했습니다.

인물 사진이란 사람에 대한 배려와 사랑을 기반으로 해야 그 인물의 가장 아름다운 면을 포착할 수 있다고 합니다. 그것은 좋은 관계에서 나온다고 하는데, 그 부분은 언제나 가장 자신 없는 저의 포지션이었습니다. 이런 글이나마 내놓을 수 있도록 우연히 내게 와서 무던히 견뎌준 그들 모두가 참 고맙습니다. 그런데 내가 아는 그들은 고맙다는 인사를 받거나 칭찬받는 걸 쑥스러워하는 사람들이 더 많습니다. 감사 인사를 드리려 해도 이미 이 세상에 없기도 하고요. 그들에게 내가 쓴 글이 무심코 찍힌, 잘 나온 사진이 되었으면 좋겠습니다.

그런데, 인사를 도저히 안 할 수 없는 사람들이 있습니다. 이 책의 처음에서 끝까지 뜻을 모아주신 두 사람. 이문재 교수님과 강출판사의 정홍수 평론가님. 참 고맙습니다. 누가 뭐래도 참 아름다운 사람들입니다.

2023년 9월
민경숙

1부

감국

감국

    나무가 많은 집이었다. 후박나무를 비롯한 사철나무와 감나무, 배나무, 비파나무에 대나무로 둘러싸인 집에서 자랐다. 군것질할 만한 변변한 가게도 없던 시골이라 열 살의 나뿐만 아니라 아래로 줄줄이 두 살 터울의 동생들에겐 집에서 나는 과일들은 중요한 간식거리였다.

    나무에서 열리는 과일들은 오월의 앵두로 시작되어 유월의 비파가 끝나면 팔월의 배로 이어졌다. 배를 먹기 위해서는 풍뎅이들로부터 보호할 종이 고깔을 만들어야 했다. 엄마가 밀가루 풀을 한 솥 끓여 대청마루에 올려놓으면, 우리는 일본어로 쓰인 큰아버지의 두꺼운 법학 책을 북북 뜯어

봉지를 만들었다. 만지는 것도 금지되었던 아래채 다락 안의 귀한 책이었다. 일본에서 법대를 다니다가 결핵으로 돌아가셨다는 큰아버지는 어디 하나 버릴 데 없는 믿음직한 큰사람이었다고 했다. 먼지와 곰팡이가 쌓인 책을 과감히 끄집어낸 사람은 엄마였다. 지금 생각하니 할머니는 이 작업이 시작되면 슬그머니 밖으로 나가시곤 했던 것 같다. "석탄 백탄 타는 데는 연기라도 나는데 이내 가슴 타는 데는 연기도 안 나네"를 중얼거리듯 노래하시던 할머니의 마음을 어린 우리가 알 리 없었다.

큰아버지가 무슨 큰 그림을 갖고 나무들에 집중했는지는 모른다. 감나무와 비파나무는 큰아버지가 정성을 가장 많이 쏟은 과실수라고 했다. 일본에서 여러 해에 걸쳐 좋은 묘목을 가지고 들어와, 심고 접을 붙이고 가꾸어서 다른 곳에서 볼 수 없는 희귀한 품종이 많았다. 그중 우리의 인기를 독차지한 것은 여러 방법으로 즐길 수 있는 감이었다. 오월의 어느 날 아침 감꽃이 떨어진 거대한 노란 카펫 위로 벌들만 웅웅거리던 뒷마당의 풍경은 장관이었다. 우리는 감꽃으로 목걸이, 팔찌 등을 수도 없이 만들어 먼 나라 원주민처럼 주렁

주렁 매달고 다녔다.

　우리 형제가 늘 떠올리는 장면이 있다. 초저녁, 평상에서 팥죽을 먹고 있는데 어디선가 감 떨어지는 소리가 '톡' 하고 들린다. 아직 완전히 익지 않은, 그렇지만 단맛이 꽤 들어 있는 대봉감이었다. 그건 바야흐로 감의 시간이 도래하리라는 신호탄과도 같은 거였다. 내 바로 밑의 둘째가 신발을 대충 꿰신고 "내 감!" 하고 소리치며 달려간다. 느릿느릿 따라가던 셋째가 언니를 툭 밀며 감을 빼앗는다. 그때 남동생이 울기 시작한다. "감 가져오니라." 할머니가 소리치신다. 감은 딸 셋 다음에 낳은, 우리 집 상전인 남동생에게 돌아간다. 이건 늘 반복되는 우리 집의 공식이었다.

　상강이 지나 서리가 몇 번 오면 감을 땄다. 감은 주변에 나눠주고도 많이 남았다. 엄마는 감을 깨끗한 행주로 닦은 후 내 키만 한 커다란 독에 차근차근 넣었다. 그러고 얼마쯤 지났을까. 눈 오거나 바람이 유난히 찬 겨울밤에 엄마는 독에 묶인 바가지로 감국을 퍼서 우리 형제들이 모여 있는 안방으로 들어왔다. 양푼 속의 감들은 형체가 거의 없이 녹아 살얼음이 둥둥 떠 있는 감국이 되어 있었다. 둘째가 "내 것!" 하고 그릇 앞으로 다가서면, 앞니 빠진 셋째가 둘째를 툭 밀치며 말없이 얼굴부터 들이대던 감 국물! 쨍하면서 달고 부드러운 그 맛. 우리는 숨도 제대로 못 쉬고 먹기 바빴다. 그것을 무엇이라고 이름 지을 수 있을까. 수정과도 아니고 감물도 아니다. 감국이라고 썼지만, 그것도 적당한 이름이 될 수는 없다.

감은 천진한 감꽃으로 태어나, 풋풋한 땡감 시대를 지난 후 농익은 홍시가 됨으로써 마지막 절정의 맛을 이루고 일생을 마친다. 그런데, 한겨울 아무도 기대하지 않았는데 감 국물로 변신한 감이 돌아온 것이다. '감 궁물'이라고 발음되는 그것의 맛은 애절한 맛이다. 떠나갔던 그리운 사람이 다시 돌아온 맛이다. 안녕은 농담이었다는 듯이 자신을 녹여 산화한 마지막의 마지막 맛이 감국이다.

그런데 우리는 할머니가 감국을 드시는 걸 한 번도 보지 못했다.

배롱나무

"장흥집에 한번 안 갈랑가."

광주에 있는 넷째 동생에게서 전화가 왔다. 휴강이라 시간도 있고 길도 조용하니 큰누나 시간도 괜찮으면 옛날 집을 한번 같이 가보고 싶다고 했다. 동생은 그곳이 직장에서 멀지 않은 곳인데도 한 번도 못 가보았다는 말도 덧붙였다.

자신을 건축가라고 한, 육십대로 보이는 집주인은 의외로 우리를 반갑게 맞이해주었다. 우리가 살았던 옛날 집이 엄청나게 바뀌었다는 소문은 간간이 들었지만, 막상 와보니 상상했던 것보다 더 많이 변해서 전혀 다른 장소 같았다.

중심이었던 안채는 세련된 전원주택으로 변신했고, 아래

채는 표고버섯 공장으로 바뀌고 사랑채와 별채도 마루 끝에 미닫이창이 달려 있었다. 돌계단과 쪽문들이 없어지고 마당을 평지로 만들어 잔디를 깐 데에서는 주인의 취향이 느껴졌다.

잔디 사이에 놓인 돌들 위를 조심스럽게 걸으며 우리는 옛날의 흔적을 빠르게 살폈다. 그러나 온전히 남은 것이라곤 군데군데의 돌담과 한때의 존재를 알리는 표지판처럼 패잔병 꼴을 한 나무들이었다. 우리가 자랄 때 청년이던 나무들은 이제 나무 끝이 뭉툭해져 졸아들어 있거나, 털 빠진 늙은 개처럼 듬성듬성 난 잎사귀를 달고 간신히 서 있었다. 집 주인은 "내년에는 이 나무들도 싹 정리해야 쓰겄소" 하고 말했다.

우리 집이 빚을 지기 시작한 건 내가 중학교 2학년이 되었을 무렵부터이다. 할아버지에 이어 큰아버지가 돌아가시자, 당시 서울에서 고등학교를 갓 졸업한 아버지는 집안의 대가 끊길 것을 걱정한 할머니의 뜻에 따라 서둘러 엄마와 결혼했다고 한다.

아버지는 돌아가시기 전 삼 년을 제외하고 거의 평생 돈을 벌지 않았다. 집에는 온종일 '아는 형님들'이나 '아는 동생들'이 드나들었으며, 음식상들이 시도 때도 없이 차려졌다. 낮에는 기타와 바둑으로 소일하고 저녁때가 되면 그들의 '호위'를 받으며 어딘가로 나가는 일이 아버지의 일상이었다.

다음 날이나 그다음 날쯤 누군가 불길한 소식을 가지고 들어왔다. 어른들이 '노름'이라고 수근거렸다. 처음엔 양조장이 사라졌다. 이어 산과 논밭이 사라졌다. 하지만 그런 것들은 당장 실감이 나지 않아서인지 그다지 슬프지 않았다. 목재와 기와를 팔기 위해 곡식을 받아들이던 큰 창고가 헐리고 집을 둘러싸고 있던 대나무들이 사라지던 날은, 마치 덮고 자던 이불을 확 젖힌 것처럼 서늘한 느낌이었던 것을 아직도 기억한다. 더는 팔 것이 없어지자 빚은 더 불어났다. 처음엔 이런저런 도움을 주던 친척들도 마침내 손을 들었다.

아버지는 서울의 큰고모네로 피신했다. 다음으로 고등학교를 졸업한 내가 서울로 와서 셋째 고모부의 무역회사에 들어갔다. 이즈음 엄마는 자식들의 교육에 목숨을 걸었는데, 남동생들은 학비가 상대적으로 싼 국립대학교를, 여동생들은 교육대학을 목표로 삼았다.

고모들의 도움으로 서울 홍제동에 셋집을 얻자 나머지 동생들도 데려와야 했다. 그런데 당연히 따라나설 줄 알았던 할머니가 선언하셨다.

"나는 이 집 대문을 한 발짝도 나서지 않을란다."

고모들이 줄줄이 내려와 사정했으나 할머니의 고집을 꺾을 수 없었다. 할머니는 그 큰 집에서 십이 년 동안 혼자 사셨다. 고집 센 노인이 버티고 있는 한 우리는 이사 가지 않은 셈이 된 것이다. 모두가 무엇 때문인지 너무 바빴고, 마침 그곳은 서울에서 너무 멀어서 우리에게 한동안 할머니의 존재는 저절로 잊혀 있었다.

할머니가 돌아가실 것 같다는 앞집 '석호네'의 전갈을 받고 엄마가 고향 집에 내려갔을 때 부엌에는 구더기가 오글거리는 김치 몇 조각밖에 먹을 것이 없었다. 맵싸하고 구수한 연기로 꽉 찼던 고택의 부엌은 거미줄 무늬만 가득했다고 한다.

자식들이 보낸 몇 푼의 용돈이 모이면, 빚 못 갚고 떠난 집을 찾아가 "이걸 우선 받으시게. 내 또 줌세. 대신 앞길 창창한 내 자식들 원망은 마시게" 하셨다는 이야기를 할머니가 돌아가신 다음에야 들었다.

"보이지 않는 곳에서 원망을 듣거나 축원을 듣는 것도 참 중요한 일"이라고 하시던 할머니의 말을 우리는 나중에야 무슨 유물처럼 생각해냈다. 할머니는 스스로 인질로 사신 셈이었다. 그 후로 우리는 모두 고향 집에 대해 입을 다물었다. 특히 할머니에 대해서는 말을 아꼈다.

실망감을 애써 감추며 우리가 목욕탕 자리에서 돌아섰을 때, 나무 하나에 우리의 눈길이 가닿았다. 살색 둥치에 가지가 자연스러운 곡선을 만들며 하늘 쪽으로 둥글게 뻗어 있는 배롱나무였다. 나무껍질을 손으로 긁으면 잎이 살짝살짝 움직여서 '간지박(간지럼)나무'라고 부르던 그 나무. 연분홍 꽃이 지려고 할 무렵이면 그 옆의 꽃이 릴레이 하듯 피어나던 나무였다.

우리가 어릴 때 그 나무는 가지가 듬성듬성 나 있어 볼품이 없었다. 그런데 배롱나무는 고고하게 서서, 기도하듯 위로 뻗은 가지 사이사이에 각기 다른 모양을 만들면서 알 수 없는 기품을 뿜어내고 있었다. 그 순간 흰 저고리에 옥색 치

마를 자주 입으시던, 작고 단아한 할머니의 모습이 왜 겹쳐
보였는지 모르겠다. 동생은 인사라도 하듯 배롱나무 가지를
어루만지더니, 뒤돌아서서 안경을 벗었다.

나무고개

중학생 시절, 집으로 오는 길에 넘어야 하는 고개가 있었다. 나무고개라고 불렀다. 나무라고는 대나무만 무성한데 왜 그런 이름이었는지 모르겠다. 오르막을 한참 올라가면 꼭대기쯤에 흙으로 대충 지은, 방 하나 부엌 하나인 집이 있었다. 해 질 녘에 늘 보게 되는 풍경이 있는데 그 집 남자가 방 입구에 모로 쓰러져 누운 채 부엌에 있는 아내에게 뭔가 중얼거리듯 같은 말을 하는 장면이다. 그의 아내는 부엌에서 뭔가를 끓이는지 아궁이 앞에 앉아 있었다. 술에 취한 듯 보이는 그 남자가 하는 소리는 매번 같았다. 같은 길을 지나 집에 온 남동생이 어느 날 물었다. "누나도 그 말 들었어? 그 집 남자가 하는 말을 난 자주 들어."

나무고개는 읍내에서 마을로 들어오는 북쪽 입구였다. 내가 태어날 조짐이 보이던 새벽 인시쯤에 할머니는 산파를 데리러 나무고개를 넘어갔다고 했다. 무슨 큰일이 있을 때는 그 고개를 먼저 막았다고 들었다. 마을의 거의 모든 사람이 그곳을 지나서 집으로 왔다. 양쪽에 대나무 숲이 사열하듯 검게 우거져 있어 비 오는 날이나 어둑한 시간에는 좀 무서운 기운이 서렸다. 나무고개에 있던 집 앞을 지나갈 때, 나는 언제나 내가 무슨 잘못이라도 저지른 듯했고 발걸음을 빨리해서 그 자리를 벗어나고 싶었다, 그 집 남자가 하는 말을 듣고 있기가 거북했다. 그는 아내를 향해 이렇게 말했다. "오야. 내가 죽었으면 좋겠는가 살았으면 좋겠는가." 그런데 가만. 그 질문은 어딘가 귀에 익었다. 『햄릿』에 나오는 그 유명한 대사와 비슷했다. 죽느냐 사느냐 그것이 문제로다. 그보다 다급한 신호가 어디 있단 말인가.

그의 아내는 뚱한 얼굴로 말없이 부지깽이로 부엌 바닥만 툭툭 치고 있었다. "오늘도 뭐라도 잡아보려고 했으나 그 흔한 개구리도 걸리지 않았네. 그래서 쌀은커녕 보리쌀 한 되도 사 오지 못했다네. 뭐든 생기면 갖다 주고 싶은 내 맘 알재? 그게 맘처럼 되지 않아 오늘도 한잔했네. 그래야 이런 말도 할 수 있거던?" 그는 그 말을 차마 못 했을까. 그렇게 말했으면 아내에게 통했을까.

"이봐요. 그럼 술 묵을 돈은 어디서 났당가요? 외상이라고요? 아직도 외상을 주는 미친 사람이 있나 보네. 첨에 당신이 술 마시고 이렇게 말할 때는 안쓰럽고 얼마나 힘들면 저러나 싶어 보리죽이라도 거둬 멕이고 싶었는디 인자 아니요. 좋은 타령도 한두 번이제. 했던 소리 하고 또 하고. 아이고 모르겠소. 뭔 수를 쓰든지 해야 쓰것소." 그의 아내가 이런 말이라도 했다면 건강한 싸움이라도 한판 되었을까. 나는 그의 아내가 뭐라고 대꾸하는 소리를 한 번도 듣지 못했다.

사람들은 그를 '땅꾼'이라는 직업 같지도 않은 이름으로 불렀다. 뱀이나 지네를 잡아다가 시장에 내다 팔거나 잘 사줄 것 같은 사람의 집에 넘기거나 하는 일이란 게 쉽지 않았을 것 같은데 그 시절에는 그런 일을 하는 사람이 간혹 있었나 보다. 우리 집에 붕어나 게를 잡아다가 자루째 들고 와 마당에 부려놓는 사람도 있었다. 그냥 대충 어림잡아 얼마만 주시오 하면 끝나는 흥정이었다. 시골 국민학교 교실에 방울뱀이 느닷없이 들어올 때도 있었다. 이럴 때면 어떤 아이가 나서서 날렵한 솜씨로 뱀의 머리를 눌러 잡았다. 아비가 땅꾼이었는지 모른다.

뱀이 겨울잠을 자기 전 여름부터 가을까지 잡아야 땅꾼은 생계가 유지된다고들 했다. 잘 잡힐 때는 건강원이나 한약방에 팔기도 해서 괜찮은 수입도 되었을 것이다. 산이나 으슥한 숲이나 풀이 우거진 들판을 헤집고 다니니 위험한 독사도 있었을 것이다. 아무 수확도 없이 돌아오는 일도 많았을 것이다. 사는 일이 왜 이리 힘든가. 무거운 짐을 아내 앞에 턱 부려놓으며 그런 말을 할 때는 겨울이었을 것 같다. 이렇게 사는 것 말고 다른 방법은 없을지 아내에게 묻는 형식이었지만 사실은 자신에게 하는 질문이었는지도 모른다.

남동생은 그 말이 예사롭게 들리지 않은 모양이었다. 중학교 1학년. 이제 막 사춘기에 돌입하던 시기였다. 공부를 잘해야 한다는 엄마의 말은 잘 실천하고 있었으나 어딘가 막막했을 것이다. 어른들은 네가 장남이라고 자주 상기시켰다. 장남이니 앞으로 기울어가는 가세를 일으켜 세워야 한다는 무언의 압력이었을 것이다. 어떻게 해야 그럴 수 있는지 조언을 받을 데도 없었다. 여기서 어디로 가야 나의 길이 열리는 것일까. 무거운 마음으로 고갯길을 올랐는데 맨 꼭대기에 이르러 숨을 고르다가 그 말이 돌연 쑥 들어왔을 것이다.

막내 여동생은 그 말을 가장 오랫동안 들었다고 했다. 식구들이 모두 서울로 올라간 뒤에도 몇 년간 할머니와 집을 지켰던 동생이다. 식구들이 모두 떠나고 할머니만 계시는 집으로 학교에서 돌아오는 길, 그 말은 눈물처럼 꽂힐 때도 있었을 것이다. 나는 어떻게 해야 가족들이 있는 곳으로 갈 수 있을까, 생각하고 또 생각했을 것이다. 할머니 모시고 외롭게 살아야 하는 사람이 가장 어린 자신이라는 것을 알았을 때, 동생은 펄펄 뛰며 싫다 하지 않고 어수선한 모든 상황을 그냥 받아들였다.

땅꾼 남자는 그의 아내에게 당신이 살았으면 좋겠다는 말을 듣고 싶었을까. 다른 누구에게 말고 아내에게 듣고 싶었을 것이다. 어쩌면 동네 사람들 모두가 울타리도 없었던 그 집 앞을 지나며 그 문제를 생각했는지 모른다. 폰례네, 말자네, 태뱅이네, 못난이네, 높은 집 아배, 푸렁새네. 모두 그 고갯길을 넘다가 그 말을 들었을 것이다. 나라면 어쩔 것인가. 내가 저 남자의 각시라면 뭐라고 대답할 수 있을 것인가. 그 어려운 질문을 스스로에게 다시 하며 각자의 집으로 돌아갔을 것이다.

죽었으면 좋겠는가 살았으면 좋겠는가. 어떻게 뭘 하고 살았으면 좋겠는가. 나 역시 힘든 고비가 되면 그 말이 떠오르곤 했다. 가끔은 사는 것이 죽는 것보다 더 어렵다고 생각될 때도 있었다.

이런저런 진통 끝에 어려웠던 고개를 넘고 바다를 건너 남동생은 자신이 바라던 영문학과 교수가 되었고, 막내 여동생은 초등학교 교사가 되어 살아가고 있다. 그곳을 지나왔던 동네 사람들이 지금 어떻게 살아가고 있는지 궁금하다.

나무고개의 그 남자는 어쩌면 우리 모두에게 각각 적당한 질문을 해준 철학자였다는 생각도 든다. 그나저나 그의 아내는, 대답했을까.

검정 치마

고향 가는 날이 정해지면 소풍 전날 밤처럼 잠을 설친다. 어릴 적 살았던 집도 이제는 없고, 먼 친척 한 사람도 없는 곳이다. 그래도 그곳으로 갈 생각만으로도 마음이 설렌다. 많이 변하기는 했으나 나지막하고 둥근 산들과 그곳의 냄새와 음식이 아직 이어지고 있다. 무엇보다 늘 반갑게 맞아주는 친구가 있다.

어렸을 때, 마을 앞으로 흐르는 탐진강은 강폭이 넓고 물이 무척 맑았다. 그 강이 아이들에게는 더할 나위 없이 좋은 놀이터였다. 그날도 일곱 살이나 여섯 살 고만고만한 아이들은 집에서 머지않은 강가에 놀러 갔었다. 강 돌들은 맑게 빛나고 햇빛은 쨍쨍했다. 아이들은 옷을 벗는 둥 마는 둥 강물에 뛰어들었다. 돌이 안 된 동생을 업고 있던 복실이만 강가에서 서성거리고 있었다. "너도 얼른 들어와." 아이들이 소리쳤다. 복실이는 잠시 궁리하는 듯하더니, 강 돌들을 아기 주변에 동그랗게 쌓아놓고 그 안에 아기를 넣어두었다. 입고 있던 검정 치마는 강가에 펼쳐두는 게 보였다. 아기도 재미있는지 방글방글 웃었다. 우리는 깊지 않은 강에서 헤엄치는 흉내를 내기도 하고 물속에서 코를 잡고 누가 숨을 오래 참나 내기하느라 시간 가는지 배가 고픈지도 몰랐다.

한참 물놀이를 하는데 "우리 아기!" 하면서 복실이가 첨벙거리며 뛰어갔다. 저만치 아기가 둥실둥실 떠내려가고 있었다. 복실이는 엎어지고 넘어지며 아기를 따라갔다. 물속에서 건져 온 아기는 울지 않았다. 입은 새파랗게 변해 있었다. 아이들이 빙 둘러서서 발을 동동 구르며 하는 말이란 "오매. 큰일 나부렀네. 으째야 쓰까"밖에 없었다. 잠시 뭔가 생각하는 것 같던 복실이가 저만치 벗어놓았던 검정 무명 치마를 잽싸게 걷어오더니 햇빛에 달구어진 치마로 아기를 빠르게 돌돌 말기 시작했다. 그러고는 돌돌 말린 아기를 꼭 안았다가 풀었다 몇 번 반복했다. 보고 있던 우리 숨이 저절로 참아졌다. 순간 아기가 푹! 물을 내뿜으며 기침을 하기 시작했다. 따뜻한 치마로 아기를 압박했다가 푸는 행동이 구급처치가 된 것이다.

복실이 등에는 처음부터 거기 있었던 듯 늘 아기가 업혀 있었다. 엄마 아빠가 들에서 돌아올 때까지 동생을 업고 마당을 쓸고 언니들과 밥을 하고 고구마를 쪘다. 동생이 예방주사를 맞아야 하는 날에는 엄마 대신 아기를 업고 아줌마들 사이에 섞여 주사를 맞혔다. 그런 일은 엄마가 시켜서가 아니라 사람들이 움직이는 걸 보고 알았다. "아이고. 니 엄니는 어디 갔냐. 아기가 아기를 업었네." 동네 사람들은 복실이 머리를 쓰다듬었다. 주변을 둘러보고 알아서 하는 아이였다.

복실이는 항상 잘 웃었다. 걱정 하나 없는 아이 같았다. 집에 가면 마당이며 마루가 반질반질 윤이 났다. 주변을 항상 깨끗하게 정돈하고, 친구들 옷에 묻은 검불 같은 것을 말없이 떼어주던 복실이가 나는 좋았다. 중학교 다닐 때는 가

방 안에 항상 바늘과 실을 넣고 다니며 뜯어진 친구의 옷을 꿰매주기도 했다. 나중에, 김종삼 시인의 시 「누군가 나에게 물었다」를 읽으며 "순하고 명랑하고 맘 좋고 인정이 있으므로 슬기롭게 사는" 바로 그런 사람이라고 생각한 적도 있었다. 친구지만 솔직히 믿음직한 언니 같았다.

그녀가 가게를 하는 총각에게 시집을 갔다는 소식이 들리고 가게가 점점 커진다는 소식, 고등학교 검정고시를 봤다는 소식, 남도에 있는 대학을 다닌다는 소식이 들리더니 고향에서 문화해설가로 일한다는 소식도 들려왔다. 넘실넘실 흘러가는 강물처럼 친구가 잘 살아가고 있구나 생각했다.

그러던 복실이는 고향의 군의원이 되어 있었다. 처음에 그 소식을 들었을 땐 놀랍고 좀 낯설었다. 아기를 업고 다니던 복실이와 선거 유세를 하는 장면이 잘 연결되지 않았다. 그녀가 왜 군의원이 되고자 했을지 생각했다. 구석에서 외치는 여성의 목소리로는 작은 소망도 이루기 어렵다고 생각한 것일까. 그렇지만 그녀가 그곳에서 무슨 소망을 이루고자 했는지, 지금 무슨 중요한 일을 하는지 물어보지 않았다. 어차피 누군가가 그 자리에 있어야 한다면 그래도 그 친구가 나을 것이라는 생각이었다. 그녀가 어디에서 무엇을 하건 본인의 능력이 닿는 한 실밥이 뜯어진 곳을 꿰매고 다닐 것이라고 믿기 때문이었다.

오일장을 둘러보다가 열무와 얼갈이가 눈에 들어왔다. 들고 가기 좋은 표고버섯이나 김이 아니었다. 강변에서 자라난 야채를 보는 순간 욕심이 나서 덜컥 사고 말았다. 사고 나서부터 들고 다닐 일이 걱정이었다. 그래도 다음 날 서울 집으로 가서 담글 생각을 했다. 복실이는 전화로 내 장 본 얘기를 듣더니 한걸음에 달려나와 나를 집으로 데리고 갔다. "어떻게 서울까지 갖고 간다냐. 가는 도중에 다 시들고 질겨져서 맛없어진다." 복실이는 큰 양푼을 내오고 소금, 고춧가루. 찹쌀, 배, 마늘 등을 꺼내놓았다. 직접 담갔다는 젓갈 항아리들을 들춰가며 맞춤한 젓갈도 퍼왔다. 옛날 집과 비교할 수 없이 넓고 좋은 집이었지만 구석구석 윤이 나는 것은 똑같았다. 밤늦도록 김치를 담갔다. 기대 이상으로 맛있었다.

"옛날에 아기를 치마로 감싸는 것은 어디서 배웠니" 하고 물었더니, "어디서 배웠겠냐. 그냥 옆에 있는 것을 갖다가 썼재" 하고 친구는 대답했다. '옆에 있는 것을 가져다가 잘 쓰는 것.' 그 말이 요즘 자주 생각난다.

친구가 어떤 세련된 옷을 입고 어떤 일을 하고 있는지는 중요하지 않다. 지금도 나에게는 검정 치마 입은 그 옛날의 어린 선구자가 가장 멋진 모습으로 남아 있다.

히말라야시다

그날은 아침부터 눈이 왔다. 진눈깨비였던 것도 같다. 대학 예비고사 시험이 끝나는 종이 울리자마자 교실에 매달린 스피커에서 방송이 나왔다. "광주여고 민경숙 학생은 지금 곧 학교 강당 옆 히말라야시다 나무 밑으로 오세요." 무슨 일일까? 어리둥절한 기분이었다. 그곳은 처음 가본 광주 시내의 남자 고등학교이기도 했고 시험 중 뭔가 잘못한 것이 있었나 싶어 불안해졌다.

대형 우산처럼 생긴 히말라야시다 나무 밑에는 새까만 교복 차림의 까까머리 남학생들과 함께 중학교 때 국어를 가르치던 황길현 선생님이 서 계셨다. "경숙아. 너는 국문과나 영문과를 꼭 가거라. 이 말을 하려고 불렀다." 선생님은 정말 이 말만을 하고 다시 까까머리들 사이로 사라지셨다. 선생님은 그날 남학생들을 전남 순천에서 인솔해 오신 거였다. 그 시간이 얼마 동안이었는지는 잘 모르겠다. 그러나 그 순간은, 지난 몇십 년 동안 내가 언제나 되돌려보는 동영상의 한 장면이 되었다. 가장 빛나던 순간이며 가장 아픈 순간이다. 그곳에서 다시 시작할 수 있다면, 그곳으로 다시 돌아갈 수 있다면, 선생님께 한마디 말이라도 할 수 있을 텐데, 거듭 생각했다.

중학교 2학년 국어 시간이었다. 국어 시간을 좋아했지만, 수업 중 딴짓도 잘했던 나는 아이들과 돌려 볼 만화를 그리고 있었다. 만화의 주인공은 국어 선생님이었다. 큰 키, 지나치게 튀어나온 광대뼈, 움푹 들어간 눈 등을 강조하여 장발장의 캐릭터로 그린 후, 온갖 불손한 상상력을 덧입혔다. 한참 열중하느라 선생님이 옆에 와 계신 줄도 몰랐다. 선생님은 나의 작업물을 쓱 빼앗아 갔다. 단단히 야단맞을 각오를 하고 있었는데 아무런 말씀도 없었다. 만화의 장면을 되짚어볼수록 말할 수 없이 창피했다. 수업이 끝나고 나는 선생님을 요리조리 피해 다녔는데 복도에서 선생님과 딱 마주쳤다. 고개를 들지 못하는 내게 선생님이 한 말씀 하셨다. "경숙아, 후편은 언제 나오니?" 아뿔사, 그 만화의 마지막에 '후편을 기다리시라'라고 써놓았던 것이다.

며칠 후 선생님은 교무실로 나를 불렀다. 선생님은 "만화를 곧잘 그리더구나. 글도 재미있고. 자 여기에 아무 글이나 써 오지 않겠니" 하며 노트 한 권을 주셨다. 그때 '자전거 타고 싶은 아이'라는 콩트를 지어서 냈던 기억이 난다. 상상만으로도 글이 될 수 있다는 게 신기했다. 선생님은 내 글에 밑줄을 긋고 '시제를 통일할 것'이라든가, '좀 더 자세히'라는 메모를 남기셨던 것 같다. 다음 해 선생님은 순천에 있는 고등학교로 전근을 가셨다. 내가 다른 도시의 여고 2학년이 되었을 때 국어 선생님이 부르셨다. 선생님은 중학교 때 국어 선생님 이름을 말하며 선생님의 시집을 한 권 내밀었다. "내가 존경하는 시인이시다. 그런데 우리 학교에 네가 있을 거라며 잘 이끌어주라고 하시더라."

'후편을 기다리시라'라고 큰소리쳤지만, 후편은커녕 본편

조차 제대로 쓸 수 없는 삶이었다. 핑계를 댈 만한 조건은 셀 수도 없이 많았다. 때맞춰 줄줄이 올라오고 있는 다섯 동생이 있었으니 기울어진 가세에 국문과나 영문과를 가는 것은 말이 되지 않았다. 대학 등록금 마감일이 그냥 지나가버리는 것을 속절없이 바라만 봐야 했고 쫓기듯 결혼했다. 하지만 그런 스토리는 그 시절엔 흔해서 특별할 것도 없었다. 뒤늦게 미술 공부를 해서 지금까지 아이들에게 그림을 가르치고 있지만, 늦게 했던 공부는 친구들이 집에 다 간 후 '나머지 공부'를 하는 느낌이었다고 할까. 나의 삶이 한쪽으로 기우뚱하게 기울어진 느낌이 들 때마다, 선생님이 나의 어떤 점을 칭찬하고 싶었는지, 내가 쓴 후편을 정말 기다리셨는지 궁금하고 또 궁금했다. 마치 그걸 풀지 못하고 살아온 게 힘든 삶의 원인인 것처럼 그쪽으로 살짝 문제를 떠넘기는 게 나의 오랜 버릇이었다.

그러다가 나 자신만을 위한 큰 욕심을 부려 육십이 넘어 사이버대학교 문예창작학과에 입학했다. 히말라야시다 나무 밑에서 내주신 선생님의 숙제를 사십여 년 만에 한 셈이다. 얼마 전부터는 아이들의 그림 이야기를 조금씩 쓰고 있다. 아쉬운 것은 내가 뭘 해야 행복한지 너무 늦게 알았다는 점이다. 내 삶의 갈피갈피에 박인 굳은살에서 도망쳐 나오기도 쉽지 않았다. 좋은 글을 쓰려면, 우선 좋은 사람부터 되어야 한다는 것을 깨달은 것만으로도 큰 수확이다.

선생님은 전주 어디선가 교감 선생님으로 계시다가 돌아가셨다는 소식을 들었다. 모과처럼 못생긴 과일을 보면 생각나는 선생님. 만나면 너무 고마워서 고맙다는 인사도 잘 못할 것 같은 선생님. 내 마음속에 참사람으로 남아 있는 선생님. 선생님과 마주 서 있던 히말라야시다 밑의 으늑한 그늘은 내 마음속에 아직 생생하게 살아 있다.

비파나무 그늘

　따뜻한 남쪽 나라가 고향인 비파나무는 낯가림이 심한 나무다. 이십 년쯤 걸린 것 같다. 비파 씨앗을 심어 묘목을 만들고 옮겨심기를 몇 차례 하던 지난해 겨울, 집 안 어디선가 은은한 향기가 났다. 베란다에 심은 비파나무에 하얀 꽃이 피어 있었다. 얼마 후, 꽃 진 자리에 거짓말처럼 솜털이 보송보송한 열매가 달렸다. 나비도 벌도 없이 베란다 한구석에서. 찾아보니 제꽃가루받이를 한다는 정보가 있었다. 동생들에게 사진을 보냈다. 모두 '아~ 비파……' 하고 말이 없다.

　이사 다니는 집마다 비파나무 묘목을 데리고 다녔다. 꽃

샘추위인 줄 모르고 창문을 열어놓았다가 얼어 죽이기를 여러 번. 아무리 정성을 들여도 한 번이라도 온도와 습도가 맞지 않으면 시들시들 죽어갔다. 열매까지 얻으려는 욕심은 없었다. 제법 튼실하게 키워 바라보는 것만으로도 뿌듯했지만 심을 땅이 없어 나무에게 늘 미안했다. 실패를 거듭하다 올해 처음 내가 심은 비파나무에서 기대하지도 않았던 열매 다섯 개를 수확했다.

어릴 적 대문에서부터 우거진 우리 집의 나무들은 모두 큰아버지가 심고 가꾸었다고 했다. 특히 과일나무를 많이 사랑했던 것 같다. 큰아버지에 관한 이야기는 집안 식구들의 작은 목소리들로 짜여 띄엄띄엄 토막 난 정보들을 이어 붙인 것이다. 큰아버지가 일본의 정원을 다니며 모으고 채취했다는 씨앗과 묘목의 이야기는 흥미로웠다. 문익점의 붓 뚜껑 대신 할머니가 만들어주신 베갯잇 속에 싸서 가져왔다는 것이다. 큰아버지는 스물몇 살의 나이로 세상을 떠났다. 일본 유학 중에 결핵에 걸렸고 집에 와서 돌아가셨다. 혼인식을 석 달 앞두고 있었다. 큰아버지의 꿈이 담긴 법학 책이 아래채 다락에 쌓여 있었다. 그 책들은 훗날 배를 싸는 봉지로 사용되었다. 유난히 나무를 사랑하고 주변 사람들을 살뜰히 챙기셨다니 온화한 성품으로 상상할 뿐이다.

큰아버지의 제삿날이면 서울에서 여학교 선생이라는 여인이 집에 오곤 했다. "아이고, 애달프기도 하지." 어른들은 부엌에서 낮은 소리로 말했다. 처녀의 몸으로 오기 힘든 자리였을 것 같다고 했다. 여인은 가방을 든 채 비파나무 아래에 잠시 서 있었다. 뒤로 묶은 머리와 가지색 저고리와 까만 치마는 어린 나에게 사진처럼 찍혀 있다. 비파나무 넓은 잎의 그림자가 저고리에 어른어른 흔들렸다.

유월에 익는 비파 열매는 양면의 얼굴이 있다. 솜털이 보송보송한 맑은 얼굴이지만 부드러운 과육을 야무진 껍질이 감싸고 있다. 살구만 한 크기에 송이로 되어 있으면 높은 곳에 매달리기 어려울 텐데, 꽤 높은 곳에서 황금빛으로 영롱하게 익는다. 껍질을 벗길 때 그윽하고 상큼한 향이 먼저 올라오지만 수확한 지 하루쯤 지나면 그 향기를 맡을 수 없다. 쉽게 멍이 들어 단맛도 비를 맞은 만큼 반감된다. 장맛비가 오는 유월에 비와 함께 익어가야 하는 비파 열매의 딜레마다.

큰아버지가 심은 나무들의 최대 수혜자는 단연 우리 육 남매였다. 엄마는 우리 육 남매를 마당에 풀어 길렀다. 나무가 많은 마당은 흥미진진한 곳이었다. 각자 좋아하는 나무 근처에서 놀았다. 비파나무는 잎사귀가 크고 나뭇결이 깨끗하며 가지가 넉넉하여 나무에 올라가서 숨기에도 만화책을 보기에도 좋았다. 값나가는 거라고는 없던 기울 대로 기운 시골집에서 형제들이 어떻게 대학들을 가고 자리를 잡을 수 있었느냐고 친척들은 나중에 물었다. 아무것도 없었다. 무너져가는 집에 오로지 과일나무들만이 풍성했다. 그 한가운데 비파나무가 있었다. 우리에게 특별한 유산이 있었다면 그것들뿐이었다. 노력이 통하는 시절이기도 했고 엄마의 지극한 희생도 있었을 것이다.

그 나무는 우리에게 무엇이었을까. 남루함을 버티게 하던 마음의 지지대였을까. 쓰러져가던 모든 것을 지켜봐야 했던 우리 형제들의 자존심이었을까. 비파나무는 어쩌면 그 시절 우리에게 정서적 구황 작물이었는지 모른다. 그 집을 정리했을 때 비파나무는 가장 먼저 팔려 갔다. 우리는 그 소식을 들으며 마치 사람이 팔려 나간 듯한 슬픔을 맛보았다.

허준의 『동의보감』은 말한다. '비파나무가 있는 집은 환자가 없다'고. '비파 열매의 성질은 평하고 맛은 달며 독은 없다. 폐의 병을 치료하고 오장을 윤택하게 하며 기를 내려준다'고. 잎사귀는 항암과 강력한 진통 효과가 있고 약리적으로는 각종 비타민이 풍부하다고 한다. 특히 씨앗은 생명을 머금은 핵이다. 위암이나 골수암 등의 난치병 치료에도 도움이 된다고 한다. 열매에서 씨앗까지 약이 되는 비파나무처럼 큰아버지 또한 그야말로 '버릴 것'이 없는 인재였다고 어른들은 말하곤 했다. 신묘한 효능을 가진 이 나무의 효능을 그가 알았을까. 정작 자신은 열매가 달리는 것도 보지 못했다. 특히 이 나무의 잎이 폐의 병을 치료한다는데 그가 젊은 나이에 결핵으로 떠난 것은 안타까운 일이다.

가지색 저고리의 여인은 그 후로 볼 수 없었다. 큰아버지가 비파 묘목을 그 여인의 집에도 심었다고 들었다. 서울은 추운 곳이라 나무는 그해 겨울을 넘기지 못하고 죽고 말았다고 한다. 비파나무의 묘목을 자주 들여다봤을 그 여인이 가끔 떠오른다. 잎사귀 하나가 더 생기는 것, 줄기의 마디가 하나씩 자라는 것에 특별한 의미를 두게 된 경험을 하고부터

다. 비파나무는 그녀에게도 그냥 나무가 아니었을 것이다.

보이지 않으므로 더욱더 기억 속에 살아 있는 사람. 큰아
버지는 풋감처럼 떨어지고 말았지만, 비파가 익는 유월이면
그분을 기억한다. 나중에 올 사람들을 위해 심어놓았을 한
그루 비파나무를 추모한다.

이야기 물방울

"야가 아들이에요, 딸이에요?"

남해의 한 도시로 이사한 지 한 달이 채 안 되었던 때였
다. 네 살 난 딸아이를 데리고 백일 된 아들을 유모차에 태
우고 골목에 서 있는데 다섯 살쯤 되어 보이는 여자아이가
말을 걸어왔다.

"아들이다, 왜?"

"아들 하나 딸 하나 딱 됐심더."

웃음이 팡 터졌다. 아이는 어른들이 이렇게 말 거는 걸 보
고 배운 모양이었다.

나는 할머니의 이야기를 가장 가까이에서 듣는 위치였

다. 할머니는 화로에 김을 굽다가도 푸성귀를 다듬다가도 언제든 생각나는 대로 이야기를 풀어놓았다. 『콩쥐팥쥐』 같은 어린이용 이야기가 아니라 그냥 앞뒤 연관 없이 충격적인 다큐멘터리였다. 가령, 죽창이나 시퍼렇게 잘 벼린 낫을 들고 양쪽으로 늘어서 있는 장정들을 밀치며 "비켜라!" 하고 논으로 들어갔다는 이야기 같은 것이다. 대여섯 살 아이가 소화할 건 알아서 소화해야 했다. 나중에 그것들이 단순한 이야기가 아니라 '소작쟁의' 같은 역사적인 사건이었다는 걸 알게 되었다. 가족의 생사와 연관된 절체절명의 순간들을 암시하는 이야기도 당시는 무슨 이야기인 줄 알 수 없었다. 한이 맺힌 과거사는 넘치도록 많은데 털어놓을 사람도 없이 윗사람 노릇을 해야 했던 할머니의 심정은 건드리지도 않았는데 저절로 터져 흐르는 종기 같은 것이었는지 모른다.

집에 드나드는 할머니 중 내가 기억하는 으뜸의 이야기꾼은 당골 할머니였다. 매년 정월 초쯤에 액막이 행사가 있었다. 당골 할머니는 흰 옥양목 한복을 날렵하게 입고 큰 징을 흰 띠에 매달아 쥐고 보무도 당당하게 대문에 들어섰다. 당골 할머니의 공연을 볼 생각에 그 모습만 봐도 가슴이 두근거렸다. 목욕재계 마친 할머니가 붉은 황토를 골목에 점점이 뿌리며 준비하라는 신호를 주면 엄마는 죄다 미신이라며 못마땅해하면서도 음식을 만들었다. 들기름으로 튀긴 산자나 황태 육수로 국물을 한 나물 볶는 냄새가 밤늦도록 집 안에 스며들었다. 나는 이때 만드는 엄마의 음식 중 노란 볶은 콩가루를 두텁게 입혀 시루에 찐 액막이 시루떡이 제일 맛있었다. 밤늦게까지 부엌과 두 개의 광을 오가는 사람들의 발소리, 창호지 한 겹으로 맑아지는 음식 냄새와 수런거림이 있는 불 켜진 마루의 풍경이 좋았다. 그것은 축제를 앞둔 전야제의 냄새였다.

당골 할머니는 모든 차림이 끝난 상 앞자리에 허리를 꼿꼿이 세우고 앉아 징을 힘차게 울렸다. 그 소리는 공연 시작을 알리는 마중물 역할을 하는 것 같았다.

이윽고 커다란 방짜 놋그릇 안에 물을 받아 박을 띄우고 두드리며 그녀의 무가가 시작되었다. 분명 이야기인데 박자를 맞춰가며 부르는 노래 같기도 했다. 처음엔 다양한 신들이 불려 나왔다. 그들에게 읊는 간절한 무가에 이어 하나같이 절절한 사연을 지닌 죽은 사람들의 이야기가 죽 딸려 나왔다. 온갖 억울하게 죽은 귀신들을 불러내어 여기 차린 음식을 먹고 당장 사라지지 않으면 대동강 물에 빠뜨려 죽일 것이라는 협박도 있었다. 귀신도 다시 죽을 수 있나 싶어 의아하게 생각했던 기억이 난다.

당골 할머니의 어조는 참 독특했다. 말을 전달하는 데 톤(tone)이 한몫한다는 걸 그때 어렴풋이 느꼈다. 작은 방 안에서 긴한 이야기를 소중한 이에게 전하듯 은근하면서 구성진 소리로 밀고 나가는데 이해 못할 구성은 없었다. 그래서? 그다음은? 하는 의문과 상상이 저절로 생기고 풀어졌다. 중요한 부분은 친절하게 설명하는가 하면 구구절절 설득력 있게 이야기를 끌어가고 있었다. 듣고 있노라면 군데군데 웃음이 배어 나오는 장면이 들어 있기도 했다. 억울하게 죽은 이들을 위한 행사지만 모든 이야기의 주체가 당골 할머니 자신인 듯한 당당함이 느껴졌다.

모두 기억할 수는 없으나 노래의 짜임새나 형태는 서정적인 장면과 극적인 사설이 번갈아 이어졌던 것 같다. 해학적인 재담이 길게 나오는 '아니리'가 판소리에서 중모리장단과 중중모리장단으로 서서히 빨라지는 모양새와 비슷했다는 것은 나중에 판소리를 듣고 알았다. 소리가 애절하고 맛있으며 섬세하고 차근차근 이어지는 서사가 특징이라는 점에서 서편제의 발원지에 가까운 우리 집의 지역적 위치와 무관하지 않을 수도 있다. 어쨌든 오로지 당골 할머니 자신이 치는 장단으로 한 시간도 넘게 이야기가 이어지는 것만으로도 경이로웠다. 그 공연에 '서사 무가'라는 이름이 붙는다는 것도 나중에 알았다.

당골 할머니는 자신이 지닌 소리 책 안에 나의 할머니의 개인사를 맛깔스럽게 버무려 넣은 다음, 무가라는 액자에 넣어 구성지게 풀어냈던 것이었을까. 녹음기도 없던 시절에 그 긴 대본을 외우고 편집까지 했을 그녀가 대단하다는 생각이 든다. 다 풀어낸 뒤 무거운 징을 들고 허정허정 걸어가던 그녀의 뒷모습이 눈에 선하다. 고수와 청중의 추임새도 없이 대청마루에 혼자 꼿꼿이 앉아 공연하던 당골 할머니. 청중이라고는 기껏해야 방 안에서 아홉 살쯤의 내가 귀를 쫑긋하며 듣고 있었다.

무당도 광대의 신분이었다고 한다. 광대의 조건이 있었다는데, 첫째 인물이 잘나야 하고, 둘째 부르는 사설에 예술성이 있어야 하고, 셋째는 이런 사설을 소리로 충분히 표현할 풍부한 성음을 가져야 하고, 넷째는 뛰어난 연기력이 있어야 한다. 그래야 명창 광대의 자질을 갖추었다고 했다. 외모는 당시에도 중요했던 모양이다. 얼굴에 마마 자국이 살짝 남아 있던 당골 할머니는 첫번째 관문을 넘지 못하여 명창이 못 되었을까. '공심이네'라고도 불리던 그 재능 있는 이야기꾼은 내가 본 최초의 전문 예술인이자 진정한 '행사의 여왕'이었다. 당골 할머니가 제대로 된 보수를 받았을지 지금도 궁금하다.

몸속에서 떠다니던 보이지 않는 이야기 물방울들은 사람의 몸 어딘가에 차곡차곡 쌓인다. 이것들은 습기를 머금고 있어 저절로 고이게 되는 것이 특징이다. 일정량이 차면 지우거나 덜어내야 한다. 더는 저장할 곳이 없으면 한 방울 눈물이 되어 떨어지기도 한다. 그 방울들을 한 움큼씩 집어 구슬처럼 꿰어 내보내는 것이 이야기다. 말이 되어, 춤이 되어, 노래가 되어, 글이 되어, 넋두리가 되어.

지금, 나에게 모인 그 물방울 하나 톡, 떨어지고 있다.

2부

손거울 있던 자리

손거울 있던 자리

큰비가 오기 전에는 이상하리만큼 세상이 고요하다. 잎사귀 근처엔 미풍도 다가오지 않는다. 나무들이 아예 숨을 멈추고 있다. 쑥쑥 덩굴을 뻗어가던 능소화도, 제철 맞은 오이도 모두 자라기를 잠깐 멈추고 '쉿, 조용히 해봐' 하고 여린 순을 입에 대고 있는 것 같다. 큰 소문이 돌기 전처럼.

열한 살에 처음으로 내 방이 생겼다. 누마루로 통하는 문과 마루로 통하는 문, 대나무 숲으로 통하는 문이 있는 방이었다. 문이 없는 벽 쪽으로 검은색 뒤주가 자리 잡고 있어서 뒤주의 방에 내가 들어온 것 같았다. 작고 갸름한 동그라미 안에 은색 손잡이가 있는 손거울도 손에 넣었다. 나는 그 거울로 자주 얼굴을 들여다보았다. 그 얼굴은 양치질할 때 얼핏 보는 얼굴과도 다르고, 엄마가 짜준 스웨터가 맞나 안 맞나 입어볼 때 보는 얼굴과도 달랐다. 이제 막 사춘기가 시작되려는 소녀의 얼굴이었다. 그 요긴한 손거울이 내 손에까지 들어오게 된 내력은 누구에게 물어볼 필요가 없었다. 각자의 집이 들어앉아 있어도 시골 마을은 어차피 툭 터진 광장이었기 때문이다.

아버지의 형제들은 무슨 연유인지 모두 법관을 꿈꾸었다. 꿈을 이룬 사람은 없었다. 일본에서 법대를 다니다가 결핵으로 돌아가신 큰아버지 이야기는 내가 아주 어릴 때여서 전설처럼 들렸다. 작은아버지도 삼 년 동안 고시 공부를 했다. 그런가 하면 나의 아버지는 돌아가시기 한 달 전에 "사실은 법학 공부가 하고 싶었다"고 내 셋째 동생에게 털어놓았다.

내가 그 방에 들어오기 전에 방을 썼던 사람은 작은아버지였다. 유난히 흰 얼굴에 곱상한 외모였다. 작은아버지는 어렸을 때부터 병치레가 잦아 할머니의 애를 태웠다고 들었다. 늘 탕약 달이는 냄새가 집 안에 고여 있었다. 큰아버지에 이어 할아버지까지 돌아가시자 할머니는 서둘러 아버지와 작은아버지를 결혼시켰지만, 작은아버지는 조용히 고시 공부를 계속해야 한다며 집에는 가지 않고 그 방에 머물렀다.

당시 작은아버지는 한 여인을 방의 뒤주 속에 몰래 숨겨두고 있었다. 그녀는 마을의 바느질을 맡아 하던 과부댁의 외동딸인 현아라는 처녀였다. 그녀는 어머니를 따라 바느질 마친 옷을 갖다 주러 우리 집을 드나들다가 나중에는 작은아버지의 약시중을 들기도 했다. 그녀는 쓴 탕약 쟁반에 산딸기나 감꽃 같은 걸 곁들여 작은아버지가 약을 잘 마시도록 했다고 한다.

'예쁘고 총명하다'는 게 마을 사람들의 평판이었다. 그런 그녀가 대문으로 들어오지 않고 대나무숲 울타리를 지나 작은아버지 방으로 들어오게 된 것도 놀라운 일이었지만 문을 반쯤 열어놓은 방의 뒤주를 사용한 일은 더 큰 소문거리였다.

내가 그 방에 있어보니 알 수 있었다. 작은방이라고 불렸던 그 방은 어떤 소리나 냄새도 막을 수 없었다. 창호지로 발라진 문이 대청마루와의 유일한 경계인 탓이다. 마루에서는 제사나 액막이를 비롯한 온갖 행사들이 치러졌다. 게다가 수시로 밥상과 간식 등이 들어와서 어차피 그 방에 오붓이 앉아 있는 일도 힘들었을 것이다. 집을 둘러싸고 있는 대나무숲도 소문을 가려주지 못했다. 잦아들기는커녕 소문은 호기심을 먹고 무럭무럭 자랐다.

비가 오거나 달빛이 방 안 가득 들어오는 날이면 그 방에 내가 모르는 수많은 이야기가 두런두런 떠다니는 듯했다.

"아나! 고시 공부!" 소문을 듣고 찾아온 작은어머니는 소리치며 작은아버지 턱밑에 증거물을 들이밀었다. 요강과 손거울이었다.

요강과 손거울이라니. 증거물로 나온 요강은 또 오랫동안 사람들의 입에 오르내렸다. "세상에나. 어떻게 그럴 생각을 했지? 그렇게 예의 바르고 얌전했는데……" 하며 수군거렸다. 신데렐라의 호박 마차 안도 아니고 신행길 가는 신부의 가마 속도 아닌 그 컴컴한 곳에서 그녀가 일 년이 넘도록 버틸 수 있었던 힘은 무엇이었을까. 한 평도 안 되는 뒤주 안에서 숨죽여 요강을 사용했을 그녀. 행여 사랑하는 이의 공부에 누가 될까 봐, 작은 소리라도 밖으로 새어 나갈까 봐

뒤주 안에 요강을 두었으리라. 얼마나 소리 안 나게 몸을 움츠리려 애썼을까. 마루에서 인기척이라도 들리면 더욱 가슴이 졸아들었으리라.

　요강은 대놓고 사용하는 물건은 아니다. 숟갈처럼 당당한 물건도 아니다. 그러나 사람의 입으로 들어가 몸에 좋은 성분을 다 주고 난 다음 더는 줄 것이 없는 최후의 물을 받아 내는 가장 경건한 그릇일지도 모른다. 요강에 담긴 물은 흙으로 돌아갔다가 다시 누군가의 입으로 들어간다. 한 여인에게는 비밀을 지키면 언젠가는 사랑의 결실로 이어질 것이라는 소망을 품은 단지였으리라. 손거울은 좁고 어두운 뒤주 안에서도 포기할 수 없는 여인의 작은 자존심이었을 것이다. 그러나 모든 오물은 요강과 손거울의 주인인 그녀에게 쏟아졌다. 그녀가 사용했다는 요강의 흔적은 집 안 어디에도 없었다.

　작은아버지는 자신의 집으로 복귀했다. 겉으로는 아무 문제가 없었다. 두 내외는 집안의 행사나 제사 때 꼬박꼬박 참석해 상차림을 돕고 조상님께 절을 했다. 작은아버지가 무심히 젓가락으로 쇠고기 산적을 들어 올리는 것을 나는 유심히 바라보았다. 자신의 집에서 아들을 낳고 눈이 많이 오던 날 아이를 안고 울며 마을을 떠났다는 현아 아줌마가 겹쳐 떠올랐다.

현아 아줌마 소문은 언제나 어디서나 들려왔다. 건어물 장수나 참기름 장수는 굴비나 참기름과 함께 소문을 슬쩍 내려놓고 갔다. 작은아버지가 사는 집 대문 밖에 무릎 꿇고 아이를 아버지의 호적에 올려달라고 하소연했으나 거절당했다는 이야기. 그런데도 자신의 어머니와 함께 아이를 잘 키우고 있다는 이야기. 아이가 훤하게 잘생기고 바르게 잘 자라고 있다는 이야기. 허름한 옷에 수건을 쓰고 어물전에서 생선을 파는 현아 아줌마를 봤다는 사람도 있었다.
아이를 호적에 올려달라고 애원하고 거절당하는 장면은 특히 여러 번 소문을 탔다. 아이가 학교에 입학하기 전이라고 했다. 그녀가 생각하기에 호적은 헤아릴 수 없이 안정된 공간이었을까. 뒤주 안과는 비교할 수 없는.

비밀과 한 묶음인 소문이란 어떤 운명을 가졌는가. 소문의 열매는 피하고 묻어버리는 사람의 몫이 아니라, 소문이라는 태풍의 핵을 통과하는 자의 몫이 아닐까. 나와야 할 것은 언젠가 세상으로 나오고 묻혀야 할 것은 묻히는 법. 그것은 사람들 입에 '오르내리는 것'으로 이미 많은 죗값을 치르고 진실의 뼈대만 남는다.

작은아버지 장례식장에 다녀왔다. 그만하면 장수했다는 이야기만 간간이 오갔다. 소문은 작은아버지가 이미 떠나고 없는 자리에도 봄날의 죽순처럼 무성했다.

'현아 아들이 사법고시에 합격했다며? 현아 아들이 어머니 모시고 아주 잘 산다네.'

청국장

어두운 창밖에 빈 그네가 흔들리고 있다. 쉭쉭 바람 소리가 들릴 정도로 큰 움직임이다. 잠시 후 웬 쪽지 하나가 팔랑 날아 들어온다. 손바닥만 한 그 종이에는 무슨 목록이 죽 적혀 있다. 아버지 돌아가신 지 나흘째 된 날의 꿈은, 깨고 나서도 선명한 세 글자가 남았다. 청국장. 쪽지에 적혀 있어 기억나는 유일한 음식 이름이다.

꿈 이야기를 전해 들은 엄마는 "니가 마음이 허해서 그런 꿈을 꾼다"고 대단찮게 말했다. 세상이 꽁꽁 얼어 있는 것 같던 쓸쓸한 풍경과 기독교식으로 간소하게 치러진 장례식 후, 아버지 회사 직원들이 다시 장지로 올라가 절을 하던 광경이 생각났다. 아버지의 영혼이 아직 못 떠나신 건 아닐까.

뭔가 허전하다고 느낀 나의 무의식 탓도 있을 것이다.

"자네 아들이면 볼 것도 없네." "자네 딸이면 볼 것도 없네." 외할아버지와 할아버지는 그렇게 자식들의 혼인을 약속했다. 당시에 번성하던 도시, 목포의 거상과 몇천 석 지주의 밀담이었다. 엄마는 순천여고 2학년 겨울방학 때 본 아버지의 옆모습이 잘생기고 남자다워 보여 마음이 끌렸다고 했다. 할아버지는 두 사람을 위한 별채도 지으셨으나 정작 혼인식은 보지 못하고 돌아가셨다. 할머니는 고등학교를 막 졸업한 아버지를 내려오게 해서 서둘러 결혼을 시켰다. 우리가 거의 외우고 있는 결혼 스토리다. "느그 아부지가 남자답기는 하제……" 말끝을 다소 흐리며 엄마는 말하곤 했다.

그 '남자다움'은 우리 모두의 발목을 잡았다. 아버지의 의견은 모두가 놀랄 만한 행동으로 나타났다. 내가 아홉 살 무렵, 기억나는 큰 사건이 있었다. 뭐가 마땅찮았는지 아버지는 밥상을 밖으로 패대기쳤다. 뜨거운 청국장 국물이 살아서 움직이는 물체처럼 김을 모락모락 피우던 어느 겨울날 마당을 나는 잊지 못한다. 왜 그 장면이 내게 들어와 깊이 박혀 있을까. 그때 아버지가 엄마에게 쏟아부은 화는 고스란히 내게 들어와 앉았다. 그 사건 이후로 나는 아버지를 피했고 아버지와 나 사이에 단단한 막이 생겼다. 동생들이라고 크게 다를 것도 없었다. 늘 화가 난 듯한 표정에 밖으로만 돌고, 뜬구름 잡는 일들을 벌이며, 벌이는 만큼 실패를 거듭하던 아버지가 그동안 우리가 생각해온 아버지 모습이었다.

그런 아버지를 조금이나마 이해하게 된 계기가 있었다. 내 결혼식을 일주일쯤 앞둔 때였다. 결혼이 진행될 때까지 아무 말이 없던 아버지가 방 입구에 선 채 말했다. "이 결혼 나는 절대 반대다." 특유의 무표정하고 단호한 얼굴이었다. 상대가 화가 지망생이라니 억장은 이미 무너져내렸을 것이다. "아버지가 그런 말 할 자격이라도 있나요?" 무슨 용기가 났는지 내게서 그런 대답이 불쑥 튀어나왔다. 아버지의 평소 성격으로 봐서 불같이 화를 내거나 뺨이라도 내리쳐야 하는 살벌하고 불손한 상황이었다. 그때 보았다. 아버지의 흔들리는 눈빛을. 아버지는 시선을 피하며 말없이 밖으로 나갔다. 아버지는 강한 사람이 아닐 수도 있다고 처음으로 생각했다.

아버지의 다른 면모에 대해서는 나중에 사람들에게 들은 이야기가 더 많다. "니가 맹장수술 받으러 수술실로 들어가기 전, 병원 측 각서에 서명하며 눈물을 흘리더라." 막내 고모부의 기억이었다. 아버지와 바둑을 가장 많이 두었던 사촌은 장례식이 끝난 후, "삼촌은 네 꿈을 이루게 하지 못한 것이 정말 안타깝다고 하셨어"라고 전했다. 왜 내게 직접 표현하지 못했을까 아쉬웠다.

청국장은 타인에게 친절한 음식이 아니다. 쉽게 다가갈 수 없는 냄새 탓이다. 만들 때 자식처럼 관심과 정성을 다해 다루지 않으면 성공하지 못한다. 삶고 덮고 숙성시키는 과정을 넘치거나 모자라지 않게 해야 한다. 잘못된 과정을 되짚어 만회할 수 없는 완강함이 있기에 많은 실패를 거듭하고서야 질 좋은 청국장을 얻게 되는 것이다.

아버지 근처에는 늘 단단해 보이는 침묵이 감돌았다. 아무도 범접할 수 없을 것 같은 서늘한 기운이 서려 있었다. 당연히 가족 간의 대화가 거의 없었다. 아버지의 잘못이라고 말할 수밖에 없는 집안의 큰 손실들이 분명히 있었음에도 아무도 대놓고 그건 잘못이었다고 말하는 사람도 없었다. 뒤에서 수군대는 사람들은 많았던 것 같다.

아버지는 간암의 첫번째 항암 주사를 넘지 못하고 59세로 돌아가셨다. "일 년이라도 더 이 회사를 다니고 싶다"는 말이 유언처럼 남았다. 생의 마지막 일주일 전까지 일하게 된 무역회사 경리부장 자리에 유난히 애착을 가졌다. 양복 주머니 속의 지갑에선 암의 증상에 대한 메모들만 발견되었다. 휘문고보 시절 수학의 천재라는 소리를 들었다는 당신은 공부를 계속하고 싶었으나 아버지와 큰형이 돌아가셨으니 대를 이어야 한다는 할머니의 명령을 거스를 수 없었다고 했다. 마지막 삼 년은 직장다운 직장에서, 일하는 능력만으로 인정을 받은 기간이었다. 그러나 그동안 주변 사람들에게 깊이 박힌 '소통 불가'의 이미지를 바꿀 만큼은 아니었다.

엄마가 요양병원으로 가시자 나는 엄마가 추도식으로 대신하던 아버지 제사를 지내기 시작했다. 제삿날을 기억하고 있기도 하고 돌아가시기 며칠 전 급히 받은 기독교 세례식으로 아버지가 그곳에 편입되었다고 믿기에는 뭔가 허전했다.

남동생들이 외국에 있어 여동생들 부부와 함께했다. 제사 음식이라고 할 것도 없었다. 그때그때 달랐다. 홍동백서 조율이시는 지키지 못해도 청국장은 끓였다. 동생들이 오기 전에 아버지 영정사진 앞에 얼른 절을 하고 술도 따라드렸다. 동생들이 오면 다시 추도예배를 드렸다. 마치 도둑 제사를 지내는 기분이었다. 어쩌면 나 자신을 위한 의식이었을까.

외로움이 한두 개일 때, 사람들은 양푼 비빔밥을 만들어 먹으며 외로움을 혼자서 풀기도 한다. 외로움이 서너 개쯤 되어도 가까운 친구와 나누면 대개 풀린다. 그것들이 제법 모이면 아무에게도 말하지 못하고 가슴속의 독 같은 데에 쌓아두게 된다. 한 사흘 지나 뚜껑을 열어보면 끈적한 실이 나온다. 외로움이 압축된 실이다.

깊은 외로움은 어느 구간에서 암의 길과 청국장의 길로 나뉘는 것일까. 제사상 앞에 앉아 아버지가 묵혀서 뽑아내려 하던 청국장의 실은 무엇이었는지를 생각했다. 마당에 패대기쳐서라도 엎지르고 다시 시작하고 싶은 생이었을까. 늦게라도 반짝 피어나고 싶은 성공이었을까. 가족들과의 화해였을까.

아버지의 쪽지는 이제 너희가 늦기 전에, 넋두리나 자기 연민이나 원망이나 이런 것들 말고 세상에 두루 이로운, 청국장의 실 같은 것을 뽑아내라는 당부일지도 모른다.

정말 돈이 없는 사람은 돈이 없다는 말을 하지 못한다. 정말 슬픈 사람도 슬프다고 말하지 못하고, 정말 외로운 사람도 외롭다는 말을 차마 하지 못한다. 그러다 보니, 정말 사랑해도 사랑이라는 말을 입에 올리지 못했을 수 있었겠다.

지난해에 아버지 꿈을 다시 꾸었다. 내가 살던 낡은 집에서 기적처럼 새집으로 이사하기 며칠 전이었다. 선명한 꿈은 다음 날이 되어도 생생하게 남았다. 꿈속에서 나는 아버지를 껴안고 슬피 울었다. "아버지 잘못했어요. 사랑해요." "아니다……" 아버지가 내 등을 토닥거렸다. 아버지는 그제야 떠날 수 있었을까.

따라쟁이

"언니. 올해는 어뜬 씨를 심어야 쓰까." 미숙이는 앞치마에 폭 싸여 있던 봉지들을 내 앞에 펼쳐놓는다. 봉지 속에는 먼지만큼 작아서 자세히 들여다봐야 간신히 보이는 씨앗에서부터 단아하게 생긴 씨앗, 야무지게 생긴 씨앗 등이 색색이 들어 있다. "김밥에 넣을라면 시금치도 심어야것재?" 하며 시금치 씨도 꺼내놓는다. 묻는 형식을 취하는 것은 거의 습관이고 결국은 혼자 다 고르고 있다. 고향을 떠난 지 오랜 시간이 지났건만 아직도 사투리를 구성지게 쓰는 미숙이는 육 남매 중 나의 바로 아래 동생이다.

미숙이가 5학년이 되었을 때 엄마는 이제 막 중학교 1학년이 된 나와 방을 함께 쓰라고 했다. 미안한 듯 주춤거리며 방에 들어서던 동생을 내가 흘겨보았던 기억이 있다. 얼굴 예쁜 동생이었지만 뭐든 나를 따라 한다는 것이 싫었다. 심지어 나처럼 고개를 오 도쯤 기울이고 걸었다. 따라 할 일이 없어도 거의 항상 내 주변을 맴돌았다. 아무리 애써도 나는 종일 동생의 시야를 벗어날 수 없었다. 대나무 가지가 창호지 문에 그림자를 비추며 서걱서걱 내는 소리를 귀 기울여 듣고 있으면 어느새 그 애가 옆으로 와서 쪼그리고 앉았다. 밤에 일기를 쓰려 하면 또 말없이 옆에 와서 자기도 뭔가를 끄적거렸다. 하여간 그 시절 내가 가장 많이 했던 말은 "따라 하지 마!"였다. 동생은 눈만 껌벅거렸다.

자박자박 따라오던 동생의 발소리가 언젠가부터 들리지 않는다고 느끼기 시작한 것은 그 애가 결혼하고부터였다. 당시 취업 준비 중인 남편을 둔 나의 생활은 가난 그 자체였다. 어느 날 내가 중얼거렸다. "빵을 내 맘대로 구울 수 있으면 좋겠어." 얼마 후 미숙이는 빵 만드는 과정을 수료하고 맛있는 빵과 과자를 구워 왔다. 예쁜 커튼과 원피스를 만들었으면 좋겠다고 종이에 그리고 있으면 재봉 기술을 배워 커튼과 옷을 만들어 왔다. 옷을 너무 잘 만들어서 보는 사람마다 감탄하지 않을 수 없었다. 내친김에 뜨개질까지 배워 뜨개옷으로 식구들을 입히고 내 것도 만들어주었다. 뭘 만들면 반드시 내 것까지 만들어 가져왔다. 나는 동생이 고맙고 놀라웠다.

그렇지만 그 애가 그렇게 할 수 있는 것은 월급을 넉넉히 갖다 주는 남편이 있기 때문이라고 생각했다. 얼마 후 동생이 사글셋방으로 이사하는 사건이 생기기 전까지 말이다. 살다 보면 맞닥뜨리기도 하는 그 출렁거리던 시절에 대하여 동생은 누구에게건 아무런 원망도 설명도 없었다. 그저 있는 자리에서 최선을 다할 뿐이었다. 동생은 재래시장 지하에 서너 평짜리 가게를 얻었다. 사람들이 잘 지나다니지도 않는 후미진 자리였다. 장사를 시작했다. 새벽시장에 나가서 옷을 떼어오고 옷 보따리를 아무렇지도 않게 머리에 이고 다니고 그것도 힘들면 옷이 든 큰 봉투를 끌고 다녔다고 했다.

옷가게는 알 만한 연예인도 드나들 만큼 유명해졌다. 미숙에게는 손님들에게 옷을 센스 있게 골라주는 남다른 안목이 있었다. 몇 년 후 동생은 자리를 잡았다. 그동안 두 아이가 착하고 야무지게 잘 자라주었는데, 새벽잠을 줄여가며 궂은일을 맡아 했던 든든한 남편이 있어 가능한 일이기도 했다.

"무얼 심을 수 있는 땅이 있으면 좋겠어." 나는 언젠가부터 중얼거렸다. 그건 그냥 훗날 이루고 싶은 나의 꿈이었다. 설마 그것마저 하리라고 생각조차 못했다. 그러나 동생은 거짓말처럼 땅을 손에 넣었다. 뭔가 목표를 정하면 열심히 노력하고 지독하게 집중하는 것이 동생의 성격이라는 걸 나중에 알았다. 동생 부부는 아파트 뒤편의 푸석푸석한 땅을 폭삭폭삭한 기름진 땅으로 만들었다. 땅이 정리되자 그녀는 내게도 그 땅에 뭘 심을 수 있도록 자리를 내주었다. 땅이라는 것도 손길 따라 어떻게 신비하게 변할 수 있는지 그들을 통해 알게 되었다. 동생 부부는 씨앗을 정성스럽게 받아두었다가 이듬해 뿌리고 모종을 심었다. 나는 미숙이가 밭고랑을 얼마나 깊게 파는지, 언제 씨앗을 뿌리는지, 언제 무슨 거름을 주는지, 오이 옆에 뭘 심는지, 눈여겨보게 되었다.

어린 시절 얼마나 막막했으면 뭐든 나를 따라 했을까. 내가 동생에게 어떤 존재였을지 가끔 생각한다. 나는 나도 모르는 숲길을 성큼성큼 앞장서 걸어가며 튀어나온 나뭇가지에 나무총을 맞는 사람이었는지 모른다. 동생은 내가 길을 잃고 헤맬 때도 따라오며, 염려해주는 눈빛을 거두지 않았다. 그 눈빛만으로도 늘 힘이 생기곤 했다. 생각해보니 나는 중얼거리는 사람, 동생은 행동하는 사람이다. 동생은 변화하는 사람, 나는 여간해서 변하지 못하는 사람이다.

오늘 미숙이가 호미를 들고 앞장서서 등을 곧게 펴고 밭을 걸어간다. 나는 고개를 오 도쯤 기울이며 그 뒤를 따라간다.

디자이너

아침 미사에 갔다가 묵주 하나를 샀다. 혹시 누구에게 줄 수도 있다는 생각이었다. 무슨 행사라도 있으면 가족 모두가 개신교 신자라, 혼자 천주교 신자인 나는 가족들 앞에서는 발언권이 약했다. 아버지를 입관하기 전 남편은 아버지 이마에 얼른 성호를 그어드렸다. 그것만이 천주교식이었다.

막내는 부모에게 특별히 애틋한 존재이다. 이십 년쯤 전에 친구 부모님이 사는 곳을 가끔 찾아갈 일이 있었다. 친구가 막내딸이어서 부모님은 구십이 넘은 나이였다. 친구가 외국에 이민 간 탓으로 가끔 내가 찾아뵙고 친구와 친구의 부모님께 서로의 근황을 알려주었다. 간다고 전화를 미리 하고 집에 들어서면 친구의 아버지는 의관을 갖추고 기다리고 있었다. 내가 그곳을 찾았던 마지막 날이었던 같다. 양말을 찾지 못하였는지 친구의 아버지는 내가 들어가자 얼른 담요로 발을 감추었다. 얼굴이 좀 부어 있다고 느꼈을 뿐 평소와 다름없이 단정하고 정갈한 분위기였다.

 그 작은 방은 나름대로의 디자인이 있었다. 요즘 유행하는 미니멀한 분위기라 할까. 꼭 있어야 할 것만 있는 방이었다. 오래된 가구 하나가 군더더기 없이 놓여 있고 대신 햇빛이 들어오는 자리에는 꽤 많은 식물들이 살고 있었다. 값나가는 화초들이 아니고 흔히 볼 수 있는 것들이었는데, 겨울이었는데도 잎사귀들은 생기 있고 튼실하기까지 했다. 꽃들은 봉오리가 맺혀 있거나 앙증맞게 피어 있었다. 그런데 화분들이 낯익었다. 자세히 보니 컵라면 그릇들이나 라면 봉지들이었다. 땅으로 돌아갈 수 없는 쓰레기라는 설명이었다. "저기 저것은 어제부터 피기 시작했어. 이놈은 좀 굼떠서 잎사귀도 천천히 늦게 내놔." 자식 자랑하듯 내 눈길이 머무는 자리를 따라가며 소개하는 모습은 환하게 밝아 보였다. 색깔이 화려한 라면 봉지를 잎 중심의 화초로 재활용한 센스도 놀라웠지만 하찮은 식물들을 한식구처럼 보살피는 정성 또한 인상적이었다. "사람이 볼 것도 있어야재. 묵을 것만 있으면 뭣 해." 상추 몇 잎만 있으면 식탁이 넉넉하다는 말도 잊히지 않는다.

친구의 어머니가 입고 있는 카디건이 어디서 많이 본 듯 눈에 익었다. "응. 이거? 아버지 헌 내복을 내가 손바느질로 다시 만들었어. 몸이 졸아드니 품이 넉넉하고 아주 좋아." 친구 어머니의 말이었다. 내가 감탄한 것은 그 디자인이었다. 베이지색 내복의 팔 끝과 앞섶을 한복 저고리 선처럼 완만한 곡선으로 만들었고 자주색 실이 바깥으로 보이도록 홈질로 꿰맸다. 소매 끝부분은 손바느질로 새발뜨기로 마무리했다. 거기에다 색색의 단추를 달아 포인트를 준 아주 세련된 옷이었다.

친구의 어머니는 젊었을 때 마을 행사를 디자인하는 일을 했다고 한다. 요즘 식으로 말하자면 행사 기획자이거나 코디네이터의 역할이었다. 장례식이나 결혼식을 집에서 치르던 시절이었다. 마을에서 초상이 나거나 혼인을 할 일이 생기면 친구의 어머니는 제일 먼저 그 집으로 달려갔다. 갑자기 닥친 큰일에 경황이 없는 집에 가장 먼저 도착해 삼베는 몇 필, 쌀은 몇 말, 동태는 몇 마리, 고기는 몇 근 등 그 집 규모에 맞추어 준비하게 했다. 그 정도가 늘 마땅하여 믿음을 주었기에 가능한 일이었으리라. 농사철이 되면 어떤 논에 무엇을 얼마만큼 심을지 상의하러 오는 마을 사람들의 이야기를 어린 친구는 옆에서 듣고 자랐다고 했다. 마을 사람들에 대한 진심 어린 관심과 연민 없이는 나서기 어려웠을 것이고 전체를 보는 예술가적인 안목도 한몫했을 것이다.

"갸는 왜 미국으로 갔을꼬." 친구의 어머니가 하는 이 말을 갈 때마다 들었다. 먼발치서 막내딸 얼굴이라도 한번 봤으면 하는 소망이 묻어 있었다. 맞은편에 있는 창문들을 가리키며 "잘 살라고 갔다고? 잘 사는 것이 뭐여. 그냥 저 앞에 있는 구멍 같은 디서 살면 될 것을…… 저만하면 잘 사는 것같이 보이는 사람이 있다고 해도 언젠가는 끝이 있어. 아주 안돼 보이는 사람도 마찬가지여. 그 사람도 끝까정 그리 사는 것이 아니어." 그러시며 내가 어디서 뭘 하며 사는지도 물으셨다. 당시에 녹록지 않은 삶을 꾸려가는 나를 위로하는 이야기였을 것이다. 그 말씀이 오래도록 남아 있다.

문을 열고 나서는데 맞은편에 산다는 아주머니와 마주쳤
다. 그녀는 친구의 부모님에 대한 이야기를 들려주었다. "저
분들은 여름이면 계단을 하나씩 천천히 내려와서는 아파트
공터에 채소들을 심어 다 나눠주세요. 공터를 어찌나 예쁘
게 꾸며놓으셨는지 몰라요. 채소들을 마치 꽃처럼 예쁘게
색깔과 크기에 맞춰 심어놓으셨더라구요. 모두 구경하고 감
탄했지요. 일층에 가지런히 놔두시면 모두 한 무더기씩 가
져간답니다. 호박, 가지, 상추, 고추 등을요. 저 나이가 되
도록 누구를 귀찮게 하는 걸 본 적이 없어요. 누굴 도와주는
건 많이 봤지만요."

구십이 넘으면 무엇을 할 수 있을까. 작은 것에도 사랑을
베풀고 나누어주는 일 외에 삶의 디자이너로도 살 수 있지
않을까. 친구의 어머니가 계단을 하나씩 천천히 내려와서는
억지로 차비를 쥐여주시며 딸을 배웅하듯 내가 사라질 때까
지 바라보시던 모습이 생각난다.

혹시 몰라서 가지고 갔던 묵주를 호주머니 속에서 만지작

거리고 전하지 못했다. 남에게 작은 잘못도 하기 싫어하고 베풀고만 싶어 하시는 노인네들께 무슨 거룩한 교리를 전달할 수 있다는 말인가.

얼룩

어떤 얼룩은 잘 지워지지 않아요. 심지어 시간이 지날수록 진해집니다. 비에 젖은 원피스 무늬처럼 돌연 생기를 띠고 나타나기도 하고요.

얼룩에 대처하는 세 가지 방법이 있습니다. 첫째, 지우려고 노력한다. 둘째, 얼룩이 묻은 옷을 버린다. 셋째, 얼룩을 내옷의 무늬로 인정한다. 이 가운데 어떤 것을 선택하는 게 좋을까요.

마리안나 할머니를 처음 만났을 때가 떠오릅니다. 둘째를 낳고 급히 일을 도와줄 사람이 필요하던 시기였지요. 예순네 살이라고 했습니다. 할머니는 소녀처럼 수줍게 미소 지

으며 자신을 소개한 성당 대모님의 뒤에 서 있었지요. 기가
막혔습니다. 그녀의 차림 때문이었어요. 할머니는 거의 닳
아 너덜거리는 티셔츠에 고무줄 치마를 입고 있었는데 그
역시 다 닳고 색이 바래 있었습니다. 그나마 매일 손빨래를
하는지 옷이 깨끗하기는 했지만요.

옷차림에 대해 저 역시 자유롭지 못했던 시절이 있었던지
라 그녀는 대번에 친근한 이미지로 다가왔습니다. 옷뿐만이
아니었습니다. 할머니는 음식에 대해 아끼는 마음이 마치
경배하는 수준이었습니다. 오른손이 숟가락으로 음식을 담
아 입으로 가져갈 때는 반드시 왼손이 마중 나와 그 밑을 받
쳤고요. 상하기 직전의 나물 같은 걸 버리려 하면 어디선가
쏜살같은 손이 와서 걷어갔습니다. "안 돼요!" 다급하게 외
치며. 오죽하면 콩나물 몇 개를 흘려보낸 일로 고백성사를
봤을까요. 신부님은 이건 좀 지나친데 하고 생각했을 테지
만 아마 몰랐을 거예요. 세상에는 정말 어린아이 같은 순진
무구한 영혼도 있다는 것을.

할머니는 작은 일에도 목젖까지 보이며 웃는 밝은 성격이

었습니다. "어매 아배는 넘들 돈 마이 벌 때 뭐 했소?" 하고 눈을 치뜨고 말하는 아들이 가끔 온다는 이야기를 할 때 잠시 어두워지는 안색을 빼면 늘 그랬습니다. 시내에서 좀 떨어진 곳에 폐자재와 흙으로 할아버지와 둘이서 지었다는 작은 집 이야기를 할 때는 입가에 자랑스러움이 가득했지요. 특히 늘 집에 혼자 계셔서 걱정이라며 열두 살 많은 할아버지가 참 좋은 사람이라고 시간이 날 때마다 말했습니다. 할머니는 그날 있었던 작은 일까지 할아버지와 이야기를 나눈다고 했지요. "우리 영감님은 일하고 온 나에게 발 마사지를 을매나 정성스럽게 해주는지 몰라요." 그 말을 할 때 할머니 얼굴은 밝고 행복한 빛으로 가득했지요. 노부부의 사랑스러운 정경이 저절로 그려졌습니다.

저는 누구에게 뭘 시키는 데 익숙하지 않은 사람이었고 할머니는 누가 시키는 일을 하는 데 익숙하지 않은 사람이었습니다. 모든 것을 아끼는 그녀가 좋기도 했지만, 언제부터인가 빨래의 얼룩이 그대로인 건 문제라고 생각했습니다. 아기의 옷에 묻은 얼룩도 지워지지 않은 채였고요. "할머니, 세제를 너무 아끼셨네요." 나는 빨랫감을 보여주며 말했습니다. 그 말을 할 때 내가 좀 찌푸렸던 것 같아요. 아니면 빨랫감을 흔들어 보이며 말했을까요. 할머니 얼굴이 좀 굳어졌지만 별 신경 안 쓰고 나는 내게서 떠나간 말을 잊어버렸습니다. 다음 날 할머니와 배추를 다듬고 있는데 아래층에서 누군가 외치는 소리가 들렸어요.

"할머엄!" 할머니가 벌떡 일어섰고 나도 얼결에 따라 일어섰습니다. 삼층인 우리 집 베란다에서 내려다보니 웬 할아버지가 지팡이에 몸을 의지한 채 이쪽을 올려다보고 있었습니다. "우리 영감님이세요. 내가 어제 빨래 이야기를 괜히 했나 봐요." 할머니가 당황한 기색으로 말했습니다.

그때 할아버지가 무슨 옷을 입었는지 자세히 기억할 수는 없습니다. 놀라움을 넘어 충격적이었다는 느낌만 남아 있어요. 아직 추위가 남아 있는 이른 봄의 외출복이라고 도저히 말할 수 없는, 낡고 해진 내복 같은 옷을 입고 있었다는 기억이 있을 뿐입니다. 할아버지는 흰 수염을 산신령처럼 나부끼며 지팡이에 의지하고 서서 힘껏 외치고 있었으나 목소리는 갈라져 나왔습니다. 게다가 그다음에 들리는 외침이라니요.

"할머엄, 돈 안 벌어도 좋으니 그만 내려와아!"

할아버지의 눈빛만은 멀리서도 형형하게 빛나는 것 같았습니다. 할아버지는 그 자리에서 꼼짝하지 않고 할머니가 나오기를 기다리고 있었습니다. 그간의 모든 사정이 순식간에 짐작이 갔지요.

한 사람의 마음에 진한 얼룩이 그려지는 지점은 다른 사람이 알 수 없습니다. 그 얼룩의 크기 또한 사람에 따라 다르겠지요. '뭐 그깟 일에'라고 생각할 수 있는 일도 당사자에 따라 엄청난 무게와 부피로 다가올 수 있을 것 같아요. 제가 할머니에게 얼룩에 대해 불평했을 때, 그 어조나 태도는 미세한 각도에서, 슬픔과 서러움으로 향한 골목으로 할머니 마음을 꺾어 들어가게 했을 것 같습니다. 그 사건 자체의 문제보다 태도나 어조의 문제였을 가능성이 크고요. 거친 음식과 낡은 옷을 잘 소화하는 사람이면 거친 말도 잘 받아낼 거라고 어느 순간 무심히 생각했을까요?

할아버지에게는 할머니에게 마지막까지 지켜주고 싶은 자리가 있었을 것입니다. 할머니와 함께 흙집을 지을 때의 마음처럼 참되고 따뜻한 것만을 주고 싶은 마음요. 문 안에 들어서면 금방 환해지던 할머니의 주변이 떠오릅니다. 할아버지는 구김 없는 할머니의 모습을 지키고 싶었을 것 같아요. 그날 할아버지가 우리 집까지 걸어왔던 거리는 건강한 사람의 걸음으로 삼십 분쯤 걸리는 거리였습니다. 외출할 일이 좀체 없었을 할아버지의 걸음으로는 족히 한 시간은 걸렸겠지요. 무슨 힘으로 걸어왔을지 짐작이 가는 대목입니다. 정말 정말 죄송한 사건이었지만 마땅히 만회할 방법이 없었습니다. 몇 가지 소극적인 대처가 있었으나 할아버지의 태도는 단호했지요. 나중에 대모님에게 들으니, 이 년 후쯤 할아버지가 돌아가시고 바로 며칠 뒤에 할머니가 돌아가셨다고 했습니다. 절대 가난 속에서 하루하루를 버텼을 그분들의 삶이 애달픕니다.

너무 긴 고백성사라서 성사의 형식을 따르지 못했습니다. 신부님이 다른 곳으로 떠나실 때, 경화성당 뜰에 주저앉아 통곡하던 그 마리안나 할머니 맞습니다.

지울 수도 없고 버릴 수도 없는 이 얼룩은 제게 한 자락 진한 무늬로 남았습니다.

(저에게 영세 주셨던 유영봉 신부님께)

90

김봉순전

서른두 살 무렵, 내가 남해 어느 도시에 살 때의 이야기
다. 난생처음 가본 성당에서 한 여자를 보았다. 그녀는 내
옆에서 아주 경건한 얼굴로 성가를 부르고 있었다. "사랑 없
으면 소용이 없고 아무것도 아닙니다"라는 가사가 들릴 때
뭔가 울컥하는 느낌이었던 기억이 있다. 그녀는 다른 사람
보다 낮은 음정으로 노래하고 있었는데 그것 또한 듣기 좋
았다. 화음을 저렇게도 넣을 수 있나 보다 하고 생각했다.
나중에, 그녀가 화음을 넣은 것이 아니라 그냥 글자를 읽고
있었다는 걸 알기까지는.

그녀는 내가 운영하게 된 학원 건물주의 며느리 김봉순이

었다. 이제 막 서른을 넘긴 그녀는 까무잡잡하고 수수한 얼굴에 싹싹하고 부지런했다. 내가 낯선 곳으로 이사를 와 성당에 처음 나왔다는 것을 알고 아침마다 문 앞에 밭에서 막 캐 온 채소를 놓아두곤 했다. 새벽이슬이 송골송골 맺힌 시금치는 얼결에 받은 꽃다발 같았다.

얼마 후 나는 그녀가 매를 맞고 사는 여자라는 것을 알고 너무 놀랐다. 맞지 않으려고 마당을 쏜살같이 달리는 며느리와 빗자루 같은 것을 들고 곧 죽일 듯이 뒤쫓고 있는 시아버지라니. 이층에서 내려다보고 있어도 믿을 수 없는 광경이었다. 그녀가 맞게 된 이유를 들어보면 더욱 어이가 없었다. 일곱시 정각에 저녁을 먹어야 하는데 오 분 늦게 상이 들어온다거나, 세 가지 이상의 반찬이 올라온다거나, 시아버지의 러닝셔츠가 때맞춰 덜 말랐다든가 하는 하잘것없는 이유에서였다.

하긴 남이 보기엔 하잘것없어 보이나 할아버지 자신에게는 좀 달랐을지도 모르겠다. 여든이 넘도록 한자리에서 소금과 담배를 팔고 있는 할아버지에게는 딱 두 가지 옷이 있었는데, 여름부터 초가을까지는 흰색 러닝셔츠에 아들이 입던 헌 양복바지를 걷어 올린 것이 평상복이며 외출복이며 잠옷이었고, 늦가을부터 겨울까지는 누런 내복과 밑으로 내린 바지가 평상복이며 외출복이며 잠옷이었으니 말이다. 신발은 사위가 신다 남은 헌 구두를 가위로 잘라 슬리퍼를 만들어 신었다. 그런 러닝셔츠가 덜 말랐으니 화가 나는 것이리라. 그런가 하면 수시로 젊은 남자의 고함과 뭔가를 던지는 소리가 아래층에서 나곤 했다. 그녀의 남편이었다. 어느 대학을 다니다 다리가 아파 그만두었다는 그녀의 남편은 그냥 보기엔 순박하고 점잖은 것 같았는데, 그 또한 들어보면 아무것도 아닌 이유로 밥상을 뒤엎는다거나 손찌검을 하는 일이 잦다고 했다.

그녀는 시간이 남으면 학원으로 올라와 한쪽에 가만히 앉아 있곤 했다. 처음엔 내가 해줄 수 있는 일이 별로 없었다. 그저 정황을 자세히 듣고 나서, 멍든 상처에 찬 수건을 대준다거나 할아버지가 화를 낼 때 어떻게 하라고 일러주는 정도였다. 우선 잘못했다고 빌거나 피하지 말라고 말했던 것 같다. 대신 눈을 똑바로 바라보며, 반찬이 네 가지가 된 것은 오이냉국을 하다 보니 오이가 남아 무침을 하나 더 하게 된 상황이라고 구체적으로 설명하라는 조언 따위였다. 처음에 그녀는 깜짝 놀라며 손사래를 쳤다. "내가 어떻게 감히 시아버지 눈을 똑바로 봐요? 나는 부모도 없이 섬에서 자랐는데요? 초등학교 밖에 못 다녔는데도 고등학교까지 나온 남편에게 시집온걸요? 그런 것이 내 잘못이 아니라고 아무리 말해도 믿을 수 없어요. 남편이 아프지 않았다면 어림도 없는 일이라는 걸 너무 잘 아는걸요." 그녀는 눈물이 그렁그렁한 눈으로 허공을 바라보며 그렇게 말했다.

그러던 그녀였지만 다음 날부터 놀라운 일이 일어났다. 숙제를 잘해온 아이처럼 자신이 무엇을 말했는지 눈을 반짝이며 이야기하기 시작했다. 그녀는 내게서 학습한 내용을 꼬박꼬박 실천한 것이었다. 나는 그녀가 수없이 자신을 다잡았음을 알고 있었지만, 자신이 어떻게 말했는지 이야기할 때 빨개지곤 하던 그녀의 눈은 못 본 체했다. 고백하건대 나였다면 그녀처럼 못했을 것이다. 점점 나는 내가 감히 하지 못할 일을 그녀에게 시키고 있었다.

그즈음 그녀가 학원의 책들에 관심을 보이길래 있는 책

을 하나하나 빌려주게 되었다. 처음엔 만화로 된 역사책이었다. 그녀는 열심히 읽고, 다음 날 또 다른 책을 빌려 갔다. 나는 책을 빌려줄 때마다 느낌을 두어 줄 쓸 것을 당부했다. 어느 날 포리스트 카터의 『내 영혼이 따뜻했던 날』이라는 책을 그녀가 되돌려줄 때 독후감은 두 장을 넘었다. "자신이 가치 있는 존재라고 느끼는 것이 중요하다"는 문장을 몇 번이고 다시 읽으며 눈물을 흘렸다는 대목도 있었다. 그녀의 독서는 점점 가속도가 붙었다. "뭐 하노. 자빠져 잠이나 처자지 않고. 니가 그 책을 이해한단 말이가" 하던 남편이 어느 날 장미꽃을 책 위에 얹어놓았다는 이야기가 전해진 날 우리는 소리 없이 하이파이브했다. 그즈음 시아버지도 며느리의 이야기에 귀를 기울이기 시작했다. 그녀의 부지런함과 야무짐을 눈여겨보기 시작한 조짐이 여기저기서 나타났다. 나중에는 통장 관리를 맡겼다는 소식을 들었다.

내가 갖고 있던 맥락 없는 책들을 다 읽어갈 무렵 그녀에게 나는 두 가지 제안을 했다. 이제 내게 빌려 갈 책도 없으니 운전을 배우라는 것과 도서관에 가서 필요한 책을 빌리라는 것이었다. "내가 어떻게요?" "면허시험은 어떻게 치르죠? 난 못해요. 난 절대 못할 거예요." 이번에도 그녀가 펄쩍 뛰었다. "할아버지는 언젠가 돌아가시겠지요. 남편도 점점 건강이 나빠질 수 있지요. 그럼 아들을 잘 키우고 당신이 꿈꾼다는 제과점을 운영하며 집안을 이끌어 갈 사람이 누구인지 생각해봐요"라고 나는 설득했다. 그리고 그녀는 예상대로 너무나 잘해냈다.

온종일 종종거리며 일에 쫓기는 그녀가 밤늦도록 책을 읽고 몇 자 적는 일은 의지만으로는 가능하지 않았다. 모르면 묻고 또 묻는 열정에는 당할 재간이 없었지만 나는 그 모든 것을 채워주기엔 부족한 그릇이었다. 다행히 그녀는 좋은 생각이라는 판단이 서면 바로바로 실천에 옮기는 성격이었다. 도서관에서 책을 빌려오기 시작하면서 그녀의 얼굴은 또 다른 생기로 빛났다. 영리한 그녀는 내가 무심히 가리킨 손가락 끝에서 큰 산을 발견했을 것이다. '책 읽기'는 그녀의 큰 미덕인 부지런함과 결합하면서 아무도 빼앗아 갈 수 없는 자신만의 단단한 무기가 되었을 것이다. 그녀의 이런 행보는 내가 그 도시에 살았던 팔 년 동안 꾸준히 계속되었다. 나는 그녀가 당당한 한 사람으로 변모해가는 과정이 참으로 경이로웠다. 현재의 삶을 지렛대 삼아 꿈을 향해 전진하는 당찬 여인의 탄생이었다.

  십오 년이 지나 내가 그곳에 들렀을 때 할아버지는 돌아가시고 그녀는 자신이 소원하던 번듯한 제과점을 운영하고 있었다. 남편은 제과점 옆방에서 한층 편안해진 얼굴로 동화책과 만화책을 빌려주고 있었다. 제과점은 온갖 책들이 한 벽을 차지하고 있어서 마치 도서관 같았다. 한 무리의 여자들이 그곳에서 책도 보고 조용조용 이야기도 하고 뭔가 적기도 하는 모습이었다. 그녀는 옛날보다 더 활기차 보였다. 그녀가 내 귀에 대고 소곤거리듯 말했다. "이 아줌마들과 독서 토론도 해요."

3부
행복한 계열

행복한 계열

스무 살 무렵, 내게 이대 입구는 추웠다. 골목골목에 매운 바람이 숨어 있다가 확! 달려드는 것 같았다. 대학생이 되고 싶었으나 회사원이 된 나는 되도록 집에 늦게 들어가려고 노력했다. 집은 하숙집을 운영하는 큰고모네였다. 디귿자 모양의 한옥에 여학생은 없고 대학생이나 회사원인 남자들이 서너 명쯤 하숙하고 있었다. 내 방이 따로 있을 리 없었다. 안방을 고모와 함께 썼다.

어느 날 퇴근하고 마루에서 고모와 저녁을 먹고 있는데 무슨 시험을 준비하고 있다는 건넌방의 남자 대학생이 마당에서 말했다. "아주머니. 조카와 잠깐 요 아래 다방에서 차

한잔 마시면 안 될까요." 나도 놀랐지만, 고모도 놀랐을 것이다. 고모는 침을 한번 삼키고 나서 말했다. "차는 내가 타 줌세. 뭔 놈의 차를 비싸게 사묵을랑가." 그는 머쓱해져서 방으로 들어갔다. "아주머니. 차 한잔 마시는 것도 안 됩니까." 밤이 꽤 이슥해서 자려고 누웠는데 밖에서 이런 소리가 들렸다. 옆에 누워 있던 고모가 말했다. "야야 암만해도 안 되겠다. 잠깐 나갔다 오니라. 쟈 고집이 겁나 시단 말이다."

그래서 옷을 주섬주섬 걸치고 나는 이대 입구의 다방으로 갔다. 그 남학생은 내가 자리에 앉자 준비한 듯이 말했다. "저하고 사귀면 안 되겠습니까. 대신 제가 고시에 꼭 합격하겠습니다." 나는 또 한 번 놀랐다. 무슨 고시인지 궁금한 것이 아니라 느닷없이 왜 그 사람이 그런 선언을 하는지 알 수 없었다. "첨엔 그냥 회사에 다니는 여자인가 보다고만 생각했죠. 그런데 어느 날 마루에서 아주머니가 차려주신 점심을 먹다가 뒤주 위에 놓인 일기장을 보게 되었습니다. 죄송합니다." 그는 여기서 잠시 말을 멈췄다. "그 일기장을 보고나서 이 사람과 꼭 사귀고 싶다는 생각을 하게 되었습니다."

나는 말을 잘하지 못한다. "말해야 할 그때 말을 하는 사람이 여문 사람이여" 하시던 할머니의 말씀은 지금도 기억하고 있는 명언이지만 제대로 써먹은 적이 없다. 말도 생명이 있어서 제시간에 부화하지 않으면 살아 움직이지 못한다는 걸 알면서도 꼭 그 말을 해야 하는 순간을 놓쳐버린다. 생각은 마음속에서 분주하나 그것들을 제때 조리 있게 풀어놓는 능력이 부족한 탓이리라. 늘 한 박자 늦게 할 말이 생각난다. 더구나 누군가 목청 높여 말하거나 제압하려는 분위기가 느껴지면 하려던 말도 들어가버린다.

말보다는 글이 편했다. 글은 내 생각의 속도에 맞춰 써 내려가기만 하면 되었다. 마루 끝의 문을 닫으면 밖과 차단된 느낌이었고, 그러면 마루의 뒤주 앞에서 저녁을 마무리하는 일기를 쓰곤 했다. 무엇을 썼는지 자세히 기억할 수는 없다. 들어놓은 적금을 해약해서 엄마에게 보내던 날의 기분이나 빚쟁이들로부터 피신해 다니는 아버지를 보는 느낌에 대해 썼을까. 암담해 보이는 나의 미래에 대한 글이 대부분이었을 것이다. 도대체 이 사람은 그 구질구질한 글 속에서 무엇을 보았다는 것일까? 나는 더러운 속옷을 들킨 기분이었다.

당시 나는 그 집에 있는 것 자체가 커다란 약점이라고 생각하고 있었다. 가끔 고모와 하숙생들의 밥상을 차리는 것, 먹던 반찬을 고모가 적당히 재사용하는 것을 모른 체하는 것, 마당에 놓인 수돗가 근처에서 세수와 머리 감기와 빨래를 해야 하는 것. 그 모든 일이 하숙생들의 미닫이문 하나로 허술하게 봉합되어 있다는 사실은 부끄러움을 넘어선 창피함이었다. 나는 그 대학생을 피해 다녔다. 결국, 그는 하숙집을 옮기고 말았는데 이 일로 고모는 나를 호되게 나무랐다. "너 때문에 좋은 하숙생 다 놓치게 생겼다."

누구나 젊었을 때 한두 번 있었음 직한 에피소드가 지금까지 잊히지 않는 이유는, 그날 이야기를 대충 마무리하고 내가 일어서려고 했을 때 그가 했던 말 때문이다. "그리고 이건 제가 꼭 하고 싶었던 말인데요. 댁은 불행한 사람이 아닙니다. 행복한 계열에 속하는 사람입니다." 그는 아주 확신에 찬 어조로 말했다. '대체 무슨 소리를 하고 싶은 거야.' 나는 속으로만 중얼거렸다. 실감이 나지도, 동의할 수도 없는 말이었다.

나 스스로 위기라고 생각한 최초의 시간은 고2 때인 여름 방학 무렵이었다. 진로에 대해 의논해야겠다고 시골집에 갔다가 아무 말도 못하고 온 후부터였다. 고3의 첫 중간고사를 하루 앞둔 새벽, 극심한 복통으로 응급실에 실려 갔다. 맹장염이라고 했다. 수술은 성공적이었지만 의사는 멀쩡한 맹장을 떼내야 했다고 말했다. 그 후로도 신체의 여러 부위에 심한 통증이 생겨 검사를 받아야 하는 일이 있었고 결과는 정상으로 나오는 일이 반복되었다. '정상입니다'라는 진단을 받으면 거짓말처럼 그곳이 아프지 않았다. 내가 보이던 증세는 '신체 증상 장애'라는 병명을 갖고 있었다. 실제로 아프지만, 의학적으로 설명이 안 되며 균형이 깨진 신경 호르몬이 다양한 장기에 영향을 주는 현상이라고 했다. 하지만 이것은 몸이 자신을 보호하려는 가장 안전한 방법이라는 설명이었다. 그 후로도 여러 번 이런 상태가 왔다가는 저절로 지나갔다.

'호강에 초 친 소리'라는 말을 큰고모에게서 자주 들었다. 그 시절 나보다 더 어린 소녀들은 공단에서 하루 열여섯 시간씩 일주일 내내 일한다고 했다. 그러고도 철야 작업까지 하는 소녀 가장들이 수두룩하다고 했다. 월급 대부분을 집으로 부치고 얼마 안 되는 돈으로 여러 명이 함께 쓰는 방세와 생활비를 충당한다는 이야기. 끼니는 라면뿐이라는 이야기도 들었다. 젊어서 과부가 된 고모는 가장의 역할이 비어 있는 우리 집의 근황을 형제들에게 알리고, 그들의 돈을 모아 친정에 보내는 역할을 맡고 있었다. 고모는 참으로 중요한 일을 수행하고 있었고 고마운 존재였다. 하지만 가족의 맨 앞에 서 있는 맏이인 내게 하는 '옳은 소리'는 고모가 진정 나를 위해 하는 소리인지 당시에는 알 수 없었다.

말은 가끔 날아든다. 곱게도 날아들고 아프게도 날아든다. 어떤 말은 날아와 싹이 돋고 꽃이 핀다. 제법 큰 나무가 되기도 한다. 그 나무는 가지를 치고 쑥쑥 자란다. 한번 뿌리를 내린 나무는 변함없이 거기 서서 향기를 내뿜는다. '당신은 행복한 계열의 사람입니다'라는 말은 내게 사뿐히 날아온 고운 말이었다. 그 말은 내 인생의 갈피에 스며 있다가 내가 몹시 슬프거나 외로울 때, 내가 내세울 게 하나도 없는 하찮은 사람이라는 생각이 들 때 두둥실 떠오르곤 했다. '당신은 행복한 사람입니다'라는 진단은 나를 진정시키고 있었다. '병이 아닙니다. 정상입니다'라는 의사의 말을 들으면 그곳이 더는 아프지 않았던 것처럼.

'당신의 삶에 나타나는 사람들은 어떤 이유가 있어서 오는 사람'이라는 작자 미상의 글을 읽었다. 사실이다. 그들이 어떤 역할을 맡았든 내가 여기까지 오도록 말의 징검다리를 놓아준 고마운 존재들이다.

어여쁜 말의 씨앗을 뿌렸던 그 대학생이 원하는 삶의 열매를 가득 수확했기를 바란다. 밤늦게 나를 내보내놓고, 가발 삐뚜름히 쓰고 허겁지겁 다방으로 들어서던 큰고모. 갚을 길 없는 그 사랑을 애처로운 마음으로 회상한다.

깊은 산속 연못

깊은 산 오솔길 옆

자그마한 연못엔

지금은 더러운 물만 고이고

아무것도 살지 않지만

먼 옛날 이 연못엔 예쁜 붕어 두 마리

살고 있었다고 전해지지요

깊은 산 작은 연못

양희은의 음성으로 많이 듣던 노래다. 낭랑한 목소리를
다시 들으며, '예쁜 붕어는 세 마리였는데……' 하고 나는
중얼거린다.

시집을 나와 처음 세 든 집은 서울의 도심에 있었지만 깊은 산속 같은 느낌의 집이었다. 홍대 옆 담벼락을 따라 걷다가 큰길에서 가까운 골목을 두 번 꺾어 들어가면 막다른 곳에 파란 대문의 한옥이 있었다. 마당을 지나면 방이 주르륵 세 개. 맨 끝방 한 칸에서 우리가 살았다. 햇볕이 마당을 건너 마루를 지나 방 안까지 넉넉히 들어왔다. 그러나 그 집은 고여 있는 연못이었다. 움직이는 것이라고는 날로 쑥쑥 자라는 백일이 안 된 우리 딸아이와 바람에 파닥이며 마르고 있는 아기 기저귀밖에 없었다. 그 집 구성은 좀 특이했다. 집주인네는 법무사인 육십대의 할아버지와 살림하는 할머니, 그리고 장성한 자녀가 셋 있었다. 마흔이 넘은 노총각인 큰아들, 서른다섯의 노처녀, 서른 살의 막내아들이었다. 그들은 복도를 조심조심 걸어 다니고 조용히 먹고 자고, 마당을 깨끗이 쓸 뿐, 온종일 집 안에서 나가지 않았다. 가끔 라디오 소리가 방 안에서 새어 나왔다. 어찌 저러고 살까 생각하기도 했지만, 당시 나의 형편 또한 참담해서, 어찌 저러고 살까 하고 그들도 우리 세 식구를 걱정했을 것이다.

결혼한다는 소식을 듣고 셋째 고모가 나를 불렀다. 왜 이 사람과 결혼하려느냐고 물었다. 못 마친 그림 공부를 계속할 수 있을 것 같고, 무엇보다 이 사람과는 무슨 이야기라도 다 할 수 있다고 대답했던 것 같다. 고모는 안타까운 눈빛을 보내며 한숨을 쉬었다. 결혼이란 대화가 아니라 생활인데…… 하고 말을 잇지 못했다. 이 말은 긴 여운을 남겼다. 저 좋아서 선택했으면 생계는 아무리 작아도 실수해서는 안 되는 어마어마한 숙제였다.

어른들의 예상은 빗나가지 않았다. 지뢰밭은 생각지 못한 곳에 널려 있었다. 우리가 사는 집은 부엌이 없고 대신 목욕탕이 있었다. 욕조였던 곳에 널빤지를 대고 조리대로 사용했는데 칼질이 서툴러 아기 이유식을 만들며 채소들이 바닥으로 튕겨 나갈까 봐 노심초사했던 기억이 난다. 무엇보다 아기 먹일 분윳값을 제때 댈 수 없어 전전긍긍이었다. 유난히 잘 웃고 잘 먹는 아기를 안고 눈물지을 때가 많았다. 대학을 졸업한 지 얼마 안 된 남편은 직장을 구하는 중이었고 기본양념을 제공해주던 친정엄마와 아기의 고모가 종종 주는 용돈에 온 가족이 의지하고 있었다.

주인집 할머니는 가끔 된장찌개 한 냄비를 슬쩍 놓고 갔다. 어떤 음식은 먹기도 전에 감동을 준다는 걸 그때 알았다. 그 깊은 고소함은 내가 처음 먹어보는 맛이었다. 할아버지는 퇴근하면 가방을 자기 집 안방에 던져놓고 우리 방문 앞으로 왔다. 아기를 번쩍 들어 눈을 맞추고 우쭈쭈— 으이구 귀여운 것, 하는 인사를 하고서야 자기 집으로 갔다.

잊히지 않는 장면이 있다. 친정엄마가 뇌졸중으로 쓰러진 날, 아기를 주인집에 맡기고 어두워져서야 집에 올 수 있었다. 그때 아기는 주인집 온 식구들이 돌보고 있었다. 우유병을 감싸 안고 식힌다며 두 손에 쥐고 위아래로 흔들고 있던 큰아들, 목욕을 시켰는지 옷을 갈아입히고 있던 딸. 막내아들은 물이 묻은 방바닥을 걸레로 닦고 있었다. 백설공주를 돌보는 숲속의 착한 일곱 난쟁이 동화가 떠올랐다.

주인집 딸은 예쁘장한 외모에 싹싹하고 부지런하기까지 했다. 아기를 자주 들여다보며 천진스럽게 어르며 미소 짓고, 아기 목욕을 시키는 기척이 나면 어느새 와서 거들었다. 내가 어느 날 그녀에게 물었다. "아니 뭐가 부족해서 시집 안 가요? 가서 예쁜 아기도 낳고 살아요." 그녀가 쓸쓸히

웃으며 말했다. "남자 비위 맞추며 살기 싫어요." 대답이 좀 놀라웠다. 하긴, 세상에는 하기 싫은 일도 있는 법이지. 그럴 수도 있겠다고 생각하고 더는 묻지 않았다.

　세상에는 하기 싫은 일은 제쳐놓고 하고 싶은 일을 우선으로 하는 사람이 있고, 하기 싫어도 해야 하니 열심히 하는 사람도 있다. 생각해보니 우리 부부는 첫번째 유형의 인간이었다. 일단 결혼만 하면 모든 것이 자연스럽게 순서대로 따라올 거라 믿었다.
　하고 싶은 일만 했다가는 언젠가 대가를 치른다는 것. 하고 싶은 일을 하기 위해서는 하기 싫은 일을 하는 구간이 필요하다는 것. 그 순서가 바뀌면 안 된다는 것이 보이지 않는 세상의 규칙이다. 우리는 그 시절 하고 싶은 일을 우선으로 했다가 혹독한 시험대를 거치는 중이었다.
　그들이 모두 같은 생각이었는지는 알 수 없다. 정상적으로 공부 마치고 부모님 말씀 거스르는 일 없이 자란 평범하고 착한 자녀들이라고 했다. 그런데 하기 싫은 일을 끝까지 안 한다는 것은, 그 일이 주는 여러 가지 혜택마저 거부하는 일이다. 아주 강한 사람들이거나 너무도 약한 사람들이었을

지 모른다. 그들에겐 무슨 사연과 신념이 있었길래 그런 삶을 선택했을까.

세월이 지나 옛날 살던 곳에 가보았더니, 그 집은 자취도 없고 웬 빌딩들만 우뚝우뚝 서 있었다. 근처 부동산에 물어보았다. 할아버지 할머니는 진즉 돌아가셨고 자식들은 집을 팔고 다른 곳으로 떠났다고 했다. 깊은 산속의 연못처럼 맑음만 가득했던 그곳. 우리의 이삿짐이 실린 용달차를 바라보며, 셔츠 자락에 연신 눈물을 찍어내던 아기 붕어 같던 세 사람은 어떻게 되었는지 모른다. 나는 동화 속 세상을 다녀왔을까. 그들을 보았다는 사람도 없고, 사십 년이나 지났으니 어차피 전래동화인가.

밥상 편지

"찌개도 아니고 국도 아닌 이 음식을 나는 못 먹는다."

시집온 지 한 달도 안 된 새 며느리에게 시아버지는 이렇게 말하고 이맛살을 찌푸리셨다. 된장찌개에 국물이 바특해야 하는데 내가 먹고 자란 습성대로 국물이 많은 찌개를 끓여버린 것이다. "아휴 성질머리하고는" 하며 어머니는 된장뚝배기를 들고 나가셨다. '나는 니가 싫다'의 다른 말로 들리는 이 상황을 어찌해야 좋을지 나는 알 수 없었다. 학교도 다 마치기 전에 조건도 시원찮고 한 살이나 많은 처자와 결혼하겠다고 생떼를 쓴 아들이 몹시 못마땅한 이유도 있었을 것이다. 시아버지. 나에게는 그냥 무섭고 까칠한 사람이었다.

급하게 가족 구성원으로 편성되어서일까. 며느리의 자리에서 보니 그들만의 보이지 않는 연대감에서 나 혼자 겉도는 존재인 것 같은, 이방인이 된 느낌의 연속이었다. 따로 떨어져 나왔으나 기댈 곳도 없는 막막한 신세처럼 느껴져 이층에 있는 우리 방으로 올라와도 숨이 편히 쉬어지지 않았다. 육 개월간의 시집살이 끝에 차츰 이해한 것도 있었다. 시아버지는 한강의 다리와 춘천댐 등의 공사에 참여한 유능한 토목 기사였는데, 내가 시집에 있었던 그때는 심한 천식으로 일을 쉬고 있던 민감한 시기였다는 이야기 같은 것 말이다.

남편은 졸업하고 몇 년 후 취직을 했다. 남쪽 끝에 있는 도시의 고등학교 교사였다. 우리는 기찻길 옆 단칸방으로 이사했다. 충분히 흡족한 크기라는 생각이었다. 그곳에서 나는 서울에 계신 시부모님께 가끔 편지를 쓰곤 했다. 기차가 매일 오후 네시에 우리 방을 내다보며 지나갑니다. 그런데 걱정 안 하셔도 된답니다. 그 기차는 화물열차거든요— 그런 종류의 편지였다. 편지 쓰는 마음이 편안했다. 오랜만에 생계를 걱정하지 않고 독립생활을 할 수 있게 된 때문이었으리라. '셋째 내외 보거라'로 시작되는 단아한 글씨체의 시아버지 답장들도 받았다.

그즈음 달라진 일이 있었다. 시아버지가 우리 집을 자주 방문하기 시작한 것이다. 처음엔 손녀를 보러 오셨던 것 같다. 다섯 시간씩 기차를 타고 택시로 갈아탄 후 백화점에 들러 아이 옷과 선물을 사 들고 얼굴 가득 미소를 띠며 집에 들어오시곤 했다. 짧게는 일주일, 길게는 한 달 가까이 머물 때도 있었다. 기차가 우르르 소리를 내며 지나가는 방에 비스듬히 누워 말없이 밖을 내다보셨다. 가운데 미닫이문이 있었다고는 하나 단칸방이나 다름없던 작은 공간이었다. 화투로 오늘의 운세를 보는 것 말고는 소일거리도 마땅찮은 그곳에서 어떻게 긴 시간을 보냈는지, 그분의 성정을 아는지라 참 신기한 일이라고 생각되었다.

누가 집에 온다고 하면 손님을 위하는 마음을 나는 음식 만들기로 표현한다. 지금도 밥상 차리기는 내게 가장 최적화된 장기이다. 대단한 요리가 아니라 그냥 밥상이다. 우리 집에 오는 사람이 어떤 사람인지는 그다지 중요하지 않다. 우리 집에 왔다는 사실만으로도 고맙고 중요한 사람이다.

오고 싶다는 마음이 생겼다는 것은, 이미 따뜻한 마음을 함께 가지고 오는 것으로 생각되기 때문이다.

음식을 만든다는 것, 그 사람의 식성을 생각하며 재료를 고르고 양념을 정성껏 준비하는 일, 재료의 맛을 최대치로 끌어올리기 위해 마음을 다하는 일은 의무감만으로는 하기 어렵다. 상을 물리며 얼굴에 번지는 미소에 맛있었다는 표현이 더해지면 더할 나위 없는 기쁨이 된다. 그때도 그랬던 것 같다. 마침 바다가 가까운 그 도시에는 새벽시장이 열렸다. 싱싱한 해물들이 파닥이는 걸 보면 늘 마음이 설렜다. 석유풍로에 새우처럼 생긴 탁새를 멸치, 채소와 함께 우려내 육수로 사용하거나 샐러드로 이용했다. 연탄불에 김과 생선을 굽고 점심에는 밀가루 반죽을 밀어 칼국수를 자주 해드렸다. 시아버지는 뭐든 맛있다고 그릇을 비우셨다.

시아버지는 딸아이가 하는 작은 말이나 표정에도 자주 웃으셨다. 아이도 할아버지 바지를 잡고 걸어 다녔다. 성당에 다니기 시작한 시점이었는데 성당 사람들이 방문 앞에 서서 기도를 하고 갈 때도 있었다. 시아버지는 그 장면을 보고 무슨 이유인지 모르나 몹시 흡족해하셨다.

"에미가 측은하다, 다른 말씀 없이 이 말만 하시더라." 집으로 돌아가 하셨다는 시아버지의 말씀을 시어머니한테서 전해 들었다.

거미줄의 한쪽 끝을 잡아당기면 장력에 의해 반대편 거미줄도 움직인다. 거미줄을 운동장처럼 오르내리며 놀고 있는 새끼 거미에게 그분은 반대편 거미줄을 잡은, 그냥 한없이 따뜻하고 정다운 한 사람이었다.

어느 해 추석 차례를 지내려고 시집에 갔을 때, 손위 시누이로부터 어떤 이야기를 전해 들었다. 시아버지는 셋째인 내가 참 좋다는 말을 하셨다는 것이다. 왜요? 하고 물었더니 대답하셨다고 한다. "그 아이에게는 진심이 있어"라고.

그 진심이란 건 무엇을 말하는 것이었을까. 내가 쓴 편지였을까. 내가 차린 밥상이었을까. 누구나 편지도 쓰고 밥상은 차리는 게 아닌가. 시아버지의 그 말을 한동안 잊고 있었다. 그까짓 진심이 내가 가진 예쁨이라니 내가 참 못나기도 하다는 생각도 들었다.

시아버지는 돌아가시기 한 달 전에 마지막으로 집에 오셨다. 천식이 더 심해진 몸으로 가쁜 숨을 몰아쉬며 먼 길을 기차 타고 택시 갈아타고 오셨다. 여느 때처럼 내가 차려드린 밥상을 흡족하게 받으셨다.

신기한 것은 시아버지가 말한 '진심'이라는 그 재료가 삶의 어디에 들어가야 하는지 이제야 조금씩 알아간다는 것이다. '그까짓' 진심이 아니라는 것도. 삶의 중요한 대목마다 마지막 한 숟갈 꼭 필요한 재료인 것도.

내가 차렸던 것은 혹시 밥상으로 쓴 편지였을까. 밥상을 차리던 기억이 아름다운 풍경으로 떠오른다. 시아버지가 내게 무엇을 주고 싶어 하셨는지 다 알 수는 없지만, 밥상 언저리에서 짓던 표정과 마음속에 아직 살아 있는 그분의 말씀들과 보이지 않는 축원을 느끼는 것으로, 시아버지의 진심을 지금도 각별한 답장으로 받아보고 있다.

두부 들어갑니다

'나는 장난감이 거의 없었다'로 시작되는 딸의 글을 읽었다. 일하는 틈틈이 뭔가를 써 내려가는 습관이 있다고 했는데 금방 쓴 글이 어떠냐고 며칠 전에 보내왔다. 집에는 봉제 인형 한 개와 동화책 몇 권이 전부였다고, 사촌의 집에서 처음 본 바비 인형이 그렇게 황홀했다고 했다. 인형의 집과 앙증맞은 살림 도구, 문지르면 냄새가 나던 소시지…… 딸은 자신이 그 바비가 되고 싶었다고도 썼다. 그랬구나. 아, 그랬구나, 하며 읽었다. 평소의 모습대로 무엇을 강력히 주장하는 것이 아니라, 자신에게 유용한 것과 무용한 것에 대한 느낌을 조근조근 써 내려가는 틈 사이로 아팠던 유년의 기억이 슬쩍 끼어들어 있었다.

생각해보니 나는 어설픈 엄마였다. 딸의 섬세한 욕구를 때맞춰 읽지 못하여 번번이 큰 틈을 보이고야 말았다. 딸은 갖고 싶은 것이 있어도 조르거나 떼를 쓰는 일이 없었다. 떼를 쓸 분위기가 아니라는 것을 일찍 터득했는지 모른다. 연필과 종이만 있어도 혼자 뭘 쓰고 그리면서 잘 놀았다. 그냥 남의 아이들도 그처럼 알아서 노는 줄 알았다.

학교를 졸업하고 일을 하며 돈이 생기자 딸은 아기자기한 물건들을 사는 것 같았다. 예쁜 그릇들과 화려한 유리컵들을 모으는 것을 보며 유난히 미감이 뛰어난 그 애의 취향인 줄만 알았지, 그것이 구멍 뚫린 틈을 메우려 했던 안간힘인 걸 몰랐다. '몰랐다'로 끝나는 것이 늘 준비된 듯한 나의 대답이었다. 딸을, 언제나 보살필 기회가 남아 있는 나 자신 같은 존재로 여겼는지도 모른다.

딸은 나에게 어려운 생활을 끌어나갔던 시절의 동력이며 친구이자 위로였다. 옛날의 일기장을 들춰보면 아이가 얼마나 많은 장면에서 나를 지탱했는지 알 수 있다. 딸이 다섯 살 되던 봄에야 남편은 취직했다. "엄마. 아빠가 점심때 와

서 라면 끓여 먹고 갔어. 그리구 전해달래. 엄마를 사랑한다
구." 그 무렵, 일터에서 돌아오는 나에게 뛰어와 안기며 딸
이 하던 말이다. 남편이 이 말을 했는지 안 했는지는 지금도
모른다. 위태로운 공기를 감지하면 그 애는 언제나 적당한
접착 연고를 바르곤 했다. 아마 전날의 심상찮은 대화를 듣
게 된 날인지도 모른다. 기찻길 옆 단칸방에서 살았던 그 시
절. 딸에게 장난감을 사줄 여력이 되지 않았을 것이다. 더구
나 바비 인형이라니.

그 무렵의 겨울이었던 것 같다. 이제 막 다니기 시작하던
성당의 반 모임에서 한 젊은 엄마를 만났다. 그녀는 춘천 맹
아학교 교사로 있는 여동생이 아이 한 명과 함께 온다는 이
야기를 했다. "겨울방학엔 부모들이 아이를 모두 데리고 가
는데 한 아이만 아무도 데려갈 사람이 없어 함께 와도 괜찮
냐고 하네요. 괜찮다고 했어요. 그 동생에겐 우리 집이 곧
친정이니까요." 아마 그 말 때문이었을 것이다. 며칠 후 우
리 집에 그들을 초대한 것은.

여섯 살이 되었다는 여자아이였다. 시각장애가 있다는 걸
알고 있었지만 한 손은 선생님과 잡고 반대편 손으로 허공

을 저으며 들어오는 아이를 보는 순간 내가 뭘 어떻게 해줘야 하는지 좀 막막한 기분이었다.

"두부 들어갑니다." 같이 온 선생님은 아이의 숟가락에 두부를 얹어주며 이렇게 말했다. 보이지 않는 아이들에겐 말이 훨씬 민감하고 섬세하게 들릴 것이므로 존칭을 한다는 설명이었다. 입안에 들어올 두부나 멸치가 부드러운지 딱딱한지, 전에 먹어본 맛인지 처음 먹어보는 맛인지, 혀와 마음이 준비할 시간을 주는 것이라고 했다.

저녁을 먹고 나서 마땅히 놀 거리가 없어 작은 공 하나를 손에 쥐여줬더니 아이 얼굴이 금방 환해졌다. 공을 조심조심 바닥에 쳐보고는 생각보다 공이 쉽게 튀어 오르고 멀리 사라진다는 걸 알고 그냥 꼭 쥐고만 있었다. 나는 방 한쪽에 있던 딸의 봉제 인형을 그 아이 품에 안겨주었다. 아이는 인형의 머리칼을 조심조심 쓰다듬고 얼굴이나 옷을 구석구석 하나하나 반복해서 만져보며 행복해했다. 인형을 다시 빼앗을 수 없었다. 나는 아이에게 그 인형을 선물했다.

그런데 사실 그건 내 마음대로 할 수 있는 물건이 아니었다. 그건 딸이 애착하는 단 하나의 친구였다. 나는 딸이 알아듣건 말건 그 상황을 자세히 설명하기라도 해야 했었다. 입안에 들어갈 음식이 어떤 맛인지 미리 말해주던 그 선생님처럼.

그랬다 한들 방학이 되어도 데려갈 부모가 없는 시각장애 아이의 처지와, 다섯 살 아이의 유일한 애착 인형이 사라지는 것 중 어느 쪽이 더 눈물겨운지 재고 설명할 수 있었을까. 그랬으면 다음 날 딸에게 비슷한 인형을 사주었어야 마땅했다. 무엇에 정신이 뺏겼는지 나는 그 일을 잊어버리고 그만 두번째 실수를 저지르고 말았다. 딸은 그때의 아팠던 기억을 담담하게 소환하고 있었다.

오늘 눈이 예쁘고 고운 레이스의 드레스를 입은 인형 하나를 샀다. 이 글을 써서 넣은 후, 곱게 포장한다. 성인으로 살아가고 있는 딸에게 인형은 이제 필요한 존재가 아니다. 옛날의 그 애틋함도 기대할 수 없을 것이다. 다만 다섯 살 아이의 기억 속에 스며들어 작은 위로라도 되었으면 좋겠다. '두부 들어갑니다'라고 말할 타이밍은 놓쳤지만, 세월이 가도 벌어져 있는 상처엔 '연고 들어갑니다' 하고라도 말해야 할 것 같아서.

선물

고1 때 연애편지를 대필한 적이 있다. 그 연애는 대대적으로 성사되었다. 편지는 맞춤한 불쏘시개가 되어 두 사람 사이로 활활 타들어갔다고 했다. 편지를 부탁했던 막내 고모는 당시 서른여섯 살의 유부녀였다. 뭐라고 썼는지 기억나지 않는다. 불리한 기억이라 무의식에서 편집되었을 것이다.

어렸을 때, 나는 대가족 속에서 가장 젊고 재기 넘치는 막내 고모를 좋아했다. 고모가 어린 나를 업고 부르던 '별들이 소곤대는 홍콩의 밤거리'라는 노래를 자장가처럼 듣고 자랐다. 고모는 시집가서 마당에 그네를 매단 정원을 가졌다. 내가 집을 떠나 고모가 사는 도시의 고등학교에 입학하자, 고모는 오월의 싱그런 나뭇잎이 보이는 창가에 책상 하나를 마련해주었다.

고모의 연애는 고모부에게 들키기 전까지 성공적이었다. 그들이 어디서 어떻게 만났는지는 모른다. 사춘기 소녀처럼 꿈꾸는 듯한 얼굴로 집을 나서곤 하던 고모의 뒷모습을 복잡한 심경으로 바라보았던 기억이 난다. 이건 무슨 운명의 장난인지 상대는 하필 독신주의자로 소문 난 우리 학교 과학 선생님이었다. 초등학생도 아닌 고등학생인 나의 소풍 길을 부득부득 따라와선 온갖 맛있는 도시락을 펼쳐 보이는 사건을 겪은 후 알게 되었다. 그때 나와 고모와 과학 선생님과의 난감했던 점심시간이 기억난다. 행복하게만 보이던 고모가 왜 연애 사건을 벌였는지 이해할 수 없었다.

고모부는 술을 사랑했다. 거의 매일 밤 술을 많이 마시고 늦게 들어왔다. 그렇지만 다음 날 아침 누구보다 일찍 일어나 집안을 두루 살피는 모습은 여느 성실한 가장 못지않았다. 고모부의 직장과 내가 다니는 학교가 비슷한 거리에 있어, 출근하는 고모부와 같이 걸어가는 일이 잦았다. 고모부는 말없이 걷다가 용돈을 호주머니에 날쌔게 찔러주며 "고모한테는 말하지 마" 하기도 했다. 당시 『죄와 벌』이나 『장 크리스토프』에 깊이 빠져 있던 나는 인생이란 무엇인지 심각하게 고민하며 고개를 반쯤 수그리고 걸어 다녔다. 고모부는 그런 몰골의 내게 "넌 이상이 높아서 고생이다" 하는 알쏭달쏭한 말을 툭 던지기도 했다. 그 고모부를 배신하는 편지를 썼으니 양심에 걸렸다.

그러던 어느 날, 그날도 술을 많이 마신 듯 밤이 늦어 들어온 고모부는 내 방문을 열었다. "안 자냐. 이거 받아라" 하고 뭔가를 내밀었다. 아주 두툼한 책이었다. 꽈배기나 군고구마를 안기는 일은 있었지만 책은 처음이었다. "김 주사 그 자속이 빌려 간 돈 대신 주더라. 좋은 책이란다." 나는 흥분된 마음을 진정하고 '한국 단편 문학 대표선'이라고 감색 표지에 은박 글씨로 적힌 책을 펼쳤다. 그러나 그곳에는 그어떤 문학도 존재하지 않았다. 그러니까 글이라고는 없는, 그냥 비어 있는 책이었다. 처음에는 좀 웃기는 사건이라고 가볍게 생각하고 책을 구석으로 던져놓았다.

고모부에게는 그 책이 비어 있었다고 말하지 않았다. 왠지 그래야 할 것 같았다. 그 애물단지는 일기를 쓰기에도 만화를 그리기에도 낙서를 하기에도 어딘가 어울리지 않았다. 그러나 선물을 받았다는 희미한 느낌은 늘 살아 있었다. 내가 책을 좋아한다는 것을 고모부가 알았다는 것만으로도 고마웠다. 가끔 아무것도 없는 책을 뒤적이며 하릴없이 손때만 묻혔다.

내가 막내 고모의 집을 떠난 후에도 고모와 고모부는 내 인생에 여러 번 관여했다. 아버지가 다방 마담하고 살림을 차렸을 때 덜덜 떨고 있는 엄마를 뒤로 밀치고 앞장서서 쳐들어간 사람은 막내 고모였다. 고3 때 새벽 구급차에 함께 타고 가, 나의 맹장 수술비를 내준 것도 고모부였고, 당시 미술대학 재학 중이었던 남편과의 결혼식에 절대 안 가겠다는 아버지를 간곡히 설득하여 식장에 오게 한 것도 고모부였다. 결혼할 때 상객으로 따라와서는 신랑에게, "내가 얘하고 살아봐서 아는데, 두 사람이 다툴 일이 있거든 언제나 이 말을 기억해주게. 이 아이가 말하는 것이 늘 옳다는 것을" 하고 뭔가 뼈가 있는 충고를 한 사람도 막내 고모였다.

아무 글자도 없는 그 빈 책을 이러지도 저러지도 못하고

사는 곳을 옮길 때마다 갖고 다녔다. 그것은 묵직한 존재감을 지닌 채 몇십 년 동안 언제나 내 주변 어디엔가 끼어 있었다. 장정은 아직도 봐줄 만하지만, 종이의 질이 좋지 않아 누렇게 변색한데다 군데군데 얼룩이 생긴 채 금방이라도 삭아 내릴 것 같은 모습으로 오랜 시간을 버티고 있다. 그런데 생각해보니, 이렇게 오래 갖고 있을 거였다면 잘 못 쓰고 서투르더라도 낙서의 흔적이라도 남겼으면 좋았을 것이라는 후회가 들기 시작했다. 버려야 할 시기를 여러 번 놓친 그 빈 책을 이제는 도저히 버릴 수 없기 때문이다.

이제 그 편지를 받은 사람도, 그 편지가 도운 연애 사건 때문에 화를 내다 결국은 용서한 사람도 이 세상에 없다. 나는 고모부에게 용서를 빌 기회마저 놓친 것이다. 나와 빈 책만이 남아 있다. 그것은 꿋꿋이 남아서 사람의 일생보다 질긴 것이 책이라는 것을 몸소 증명해 보여주고 있다. 사물도 오래되면 고유한 혼을 갖게 되는 것이 아닐까. 더구나 선물은 자신의 몸속에 그것을 준 사람이 떠오르도록 내장되어 있다. 어쩌면 김 주사라는 사람이 없었을 수도 있다. 그 빈 책에는 고모부가 자신을 대신하여 내게 긴히 전하고 싶었던

마지막 당부가 담겨 있는 것인지 모른다. 내가 그냥 붙잡고
만 살고 있었던 것이 무엇인지 알려주고 싶은 깊은 속내라
도 있는 것인지도 모른다.

　나는 그곳에, 매일 반성문을 쓰듯 일기를 쓰기 시작했다.
비어 있던 시간만큼 할 말이 많아 보이는 그 책이 나직이 불
러주는 대로 받아쓴다는 느낌이다. 반성문 쓰기 딱 좋은 책
이다.

진국

'언니' 하고 내 바로 밑 여동생이 전화로 나를 부른다. 이 호칭은 내 이름만큼 익숙하다. 부를 때 억양이나 소리의 결에 따라 동생이 무슨 말을 하고 싶어 하는지 알 수 있다. 이번에는 뭔가 뜸을 들이고 얼른 말을 잇지 못한다.

"기운이 없어." 동생의 목소리가 평소와 달랐다.

"코로나 백신을 맞고 좀 아파서……"

"어떻게 아팠는데?"

"대상포진으로 나타났다고 하네. 지금은 많이 좋아졌어."

"아니, 그 이야기를 왜 이제야 하냐?"

하긴 몹시 아프거나 힘들 때, 동생은 누구에게 연락하는 성격이 아니다. 웬만하면 견디고 혼자 해결하고, 다 지나간 다음에 연락하는 성격이다. 이번에도 아픈 걸 참다 보니 치료의 골든 타임을 놓칠 뻔했다고 한다. 평소에 요리도 혼자 하고 누구에게 맡기지 않아서 도와줄 사람도 없었다. 동생은 입맛이 없어 아무것도 먹고 싶지 않다고 했다. 우선 먹을 것이라도 챙겨주고 싶은데 그곳은 그 흔한 배달 음식의 특혜에서도 제외된 산골이다. 백숙과 갈비탕을 준비해서 다음 날 동생네로 갔다.

동생은 한 달 사이에 몰라보게 수척해져 있었다. 오래간만에 맛을 좀 느낀다며 밥을 갈비탕 국물에 말아 먹었다. 생각해보니 동생에게 뭘 먹이는 이 장면은 내 기억에 거의 없었던 일이었다. 동생이 사는 곳으로 가면 동생은 언제나 내가 좋아할 나물들과 담백한 국물을 미리 준비해놓고 기다렸다. 내가 간 다음 날은 새벽부터 부엌에서 조용히 달그락거리며 뭔가를 만들었다. 동생이 만든 묵나물들의 맛은 어디서도 맛볼 수 없는 귀한 것이었다. 국물이 자작한 조림 나물들에는 진국이 들어가서 더 깊은 맛이 났다.

우리 자매들은 국물을 자주 만드는 편이다. 모두 할머니의 요리 방식을 기억하고 있는 듯하다. 할머니의 국물은 황태와 무가 베이스로 되는 것이 많았다. 나의 경우, 고기를 안 먹는 가족이 있어 고기 없이 국물을 맛있게 만드는 게 관건이다. 내가 만드는 국, 찌개, 조림, 나물, 김치 등에 미리 준비해놓은 국물이 들어간다. 번거롭지만 좀 더 깊은 맛이 나고 조리 시간을 단축하는 데도 도움이 된다.

오래 끓인다고 다 진국이 되지 않는다. 특히 채소 진국 만들기는 고기 진국 만들기보다 더 까다롭다. 신선한 것, 덜 마른 것, 잘 마른 것이 용도에 맞게 적당한 순서대로 들어가야 한다. 재료의 성질을 보고 바로 넣을지 덖어서 넣을지 결정한다. 불 세기를 조정하며 과정도 지켜보고 재료의 조화로운 조합도 생각해야 한다. 좋은 국물을 위해 수시로 재료를 모은다. 금방 구할 수 있는 것만으로는 진국이 되지 않기 때문이다. 진국에 얼마나 많은 단계의 맛이 숨어 있는지 매번 감탄한다.

모으는 일에서 동생은 나보다 한 수 위다. 어렸을 때부터 동생 소지품 어딘가엔 항상 돈이 있었다. 신기했다. 어른들이 용돈을 주면 돈이 싱싱할 때 서둘러 써버리는 나에 반해 동생은 한 푼도 쓰지 않고 모았다. 오랫동안 모아두었다가 엄마 생활비로 슬쩍 내놓을 때가 많았다. 동생이 고2 때 수학여행을 포기하고 그 돈을 나에게 주던 기억은 너무 애잔해서 잊을 수 없다. "언니, 이 돈으로 학원 다녀서 꼭 대학 가." 나는 충격을 받을 만큼 놀랐으나, 그 돈을 덥석 받은 철딱서니 없는 언니였다. 그 후로도 수많은 방법으로 동생은 무엇인가를 모으거나 만들어서 내게 주었다.

"착하다, 입니다." 자신의 장점을 묻는 기자의 물음에 남성 4중창의 리더로 뽑힌 청년이 처음 한 대답이다. 그는 그 말을 좀 머뭇거리며 했다. 고음도 시원하게 뽑아내고 승부욕도 강해 보이던 그의 이미지와는 어울리지 않는다고 생각했다. 그 대답은 설혹 사실이라 할지라도 보통 사람들이 피하고 싶어 하는 말이다. '착하다 = 바보 같다'로 이어지는 등식 때문이다. 그가 우승 소감에서 "주변 사람들에게 받은 사랑을 돌려드리고 싶은 마음으로 절박하게 노래했는데, 전주곡만 나와도 눈물이 나서 팀원들끼리 서로 눈을 바라보지 못했습니다"라고 말했을 때 착한 사람이 맞다는 생각이 들었다.

'그 사람 진국이야' 하는 말은 괜한 말이 아니다. 평소에는 자기 일 야무지게 하다가, 꼭 나서야 할 때 남들이 어려워하는 일을 기꺼이 맡는 사람, 그 일을 참된 태도와 한결같은 마음으로 꾸준히 수행하는 사람이 진국인 사람이다.

엄마가 치매 진단을 받고 장기 입원을 위해 병원으로 들어가야 하는 날이 다가오고 있었던 때다. 엄마는 잘 드시던 식사도 뜨는 둥 마는 둥 하고 얼굴을 종일 벽 쪽으로 향한 채 누워서 불편한 심기를 온몸으로 표현하고 있었다. 여러 합병증이 우려되는 상황이라 더는 미룰 수 없었다. 다른 자식들의 이런저런 설득이 통하지 않았다. 동생을 불렀다. 방에서 조용조용 말하는 동생의 목소리가 들렸다. 얼마 후 동생이 고개를 약간 숙이고 방을 나왔다. "나 병원에 들어갈란다." 엄마가 한결 안정된 목소리로 말했다. 동생이 뭐라고 이야기했는지 우리 모두 궁금했지만 아무도 묻지 않았다. 평소 행동하는 대로 말했을 거라는 믿음 때문이다. 그 후로도 동생은 이런 비슷한 일을 수없이 앞장서서 담당했다.

동생은 착한 사람이지만 착하다고 다 진국인 것은 아니

다. 누구에게나 있는 그 마음을 적당한 곳에 쓸 때 진국으로 우러난다. 받고 싶은 마음보다 주고 싶은 마음이 익숙한 사람이다. 지켜주고 싶은 것, 옳다고 생각하는 것을 소중히 여기고 오래 보살피는 마음이기도 하다. 동생은 어렸을 때부터 봐온 것들과 처음 먹었던 마음을 한결같이 지킨다. 그 마음은 그녀가 땅에 심은 씨앗이나 모종을 정성껏 보살피고 땅을 가꾸는 지금의 생활로도 연결되고 있다.

진국은 어딘가에 스며들기 위해 우러난다. 대체로 자신을 위해 우러나지는 않는다. 자신을 녹여 어딘가에 스며들 수 있을 때, 진국이라 할 수 있다. 요리가 완성되었을 때 국물의 정체는 간데없고, 눈에 보이는 재료의 맛이 도드라진다. 아, 그 근대국 맛있네, 그 나물 맛있네, 그 김치 맛있네, 로.

모았다가 다 우려내고 다시 온몸으로 스며들면 무엇이 남을까. 그런데도 주변이 더욱 풍성해지는 이유는 무엇일까.

남의 불편함을 보살피는 심성으로, 이제는 동생이 스스로를 돌본다면 더 진국이 될 것 같다.

엄마의 상장

일주일에 한 번씩 번갈아 병원에 들르는 자식에게 엄마는 이번에도 옷을 주문했다. 병원에서는 일상복이자 잠옷인 환자복 외에 더는 옷이 필요 없다. 그래서인지 자리만 차지하는 엄마의 옷 가방은 진작부터 간병인의 눈총을 받고 있었다. 엄마가 말하는 흰 바지를 찾아보니 바지 끝에 반짝이 같은 게 붙어 있어 그다지 권하고 싶지 않은 옷이었다. 그래도 갖다 드려야 했다.

엄마는 육십대 후반부터 고혈압, 당뇨, 뇌경색 등의 병으로 여러 병원과 친해지다 몇 번 쓰러지신 후 초기치매 진단을 받았다. 혼자 생활이 어려워지자 요양병원에 입원했다.

치매라고는 하지만 몇 가지 이상 징후를 제외하고는 그다지 표가 나지 않아서인지 자식들도 되도록 평상시 엄마를 대하는 태도를 유지하고 있었다.

엄마가 요양병원에 들어간 후, 엄마와 가장 친하게 지내던 이모에게서 전화가 왔다. 큰딸인 네가 알아서 소지품들, 특히 옷은 정리해서 버리라는 이야기였다. 정리하려고 옷장을 열자 가지각색의 옷이 나왔다. 자식들이 사준 옷도 있고, 남대문시장에서 이모와 함께 샀을 것 같은 옷도 있었다. 반짝이는 장식을 은근히 선호한다는 것과 핑크와 밝은 노랑과 연보라와 흰색 바지를 즐겨 입는 취향인 것도 새삼 알 수 있었다. 굳이 나누자면 자식들이 사서 준 옷은 누가 봐도 엄마 옷처럼 생겼고, 엄마가 산 옷은 여자의 옷이었다. 그 옷들은 엄마가 평생 주장하지 않았던 것들을 주장하는 것 같았다.

그런데 따로 보관된 옷상자에는 엄마 글씨로 적어놓은 쪽지들이 있었다. 옷의 뒷면 밑 부분에 종이를 잘라 글을 쓰고 옷핀으로 고정해놓았다. 큰아들이 미국에서 박사학위 받았을 때, 셋째 딸이 캐나다에서 보냄, 막내아들이 박사가 되었을 때, 막내딸이 선생님이 되고 나서 처음 사줌 등등의 메모였다. 내가 사드렸던 머플러들은 따로 보관했다. 나 역시 엄마 나이대에 어울릴 소재와 무난한 색깔을 선택하고 있었다. 기억이 점점 흐려지자 특별한 날을 잊지 않기 위해 따로 메모해둔 것 같았다. 막내딸과 셋째 딸이 옷 선물을 가장 많이 했다. 둘째는 실용적인 옷 위주였고, 아들들은 가볍고 따뜻한 옷들이었다.

엄마의 화장품은 성냥개비 하나와 몽당 립스틱이었다. 성냥개비를 '칙' 그어 불을 붙인 후 '훅' 불어 끄고 까맣게 된 부분으로 눈썹을 그리고 난 후 립스틱을 발랐다. 그게 끝이었다. 신여성이라는 칭호가 무색하게 엄마의 외출복은 언제나 한복이었다. 우리들의 옷은 재봉틀로 만들어주고 뜨개질로 떠주곤 했지만, 내 기억에 엄마의 옷은 시집올 때 가져온 천으로 지은 평범한 한복 외에 별도의 외출복이 없었다. 가만히 있어도 웃는 것처럼 보이는 눈매, 후덕해 보이는 몸매와 흰 얼굴 때문에 그나마 초라해 보이지는 않았던 것 같다.

엄마는 가훈을 써서 집에 붙여놓는 사람은 아니었다. 평소에 '느자구(싹수) 없는 사람 말고 사람다운 사람'이 되어야 한다는 이야기는 했다. 반면교사가 되는 사람들은 멀리 있지 않았다. 별채와 아래채에는 기타를 치거나 바둑을 두거나 잡담으로 소일하는 아버지의 사촌 형제들이 늘 서너 사람은 있었다. 햇볕에 빨갛게 달궈진 얼굴로 논으로 밭으로 부엌으로 뛰어다니듯 최선을 다하는 엄마의 모습을 보며, '사람다운 것'이 어떤 삶인지 우리는 가늠해보곤 했다.

엄마는 자식들이 목표를 정하면 정상의 입구까지만 데려다주었다. 정상까지는 장학금을 받든 아르바이트를 하든 알아서 올라가야 했다. 엄마 능력이 거기까지였다. 학교 게시판에 적힌 장학생 이름을 확인하기까지 매번 얼마나 가슴이 두근거렸는지 동생들이 이야기한 적도 있다. 질풍노도의 시기를 보내고 있는 자식이 있으면 그 자식이 어디서 무엇을 하는지 조용히 따라가서 보았다. 진학 문제로 고민하던 어느 날 밤 혼자 집을 나가 강변을 걸어 다니고 있는데 조금 떨어진 곳에서 엄마가 말없이 나를 보고 있던 장면이 떠오른다. 엄마의 최선이 무엇인지 알고 있기에 대들 수 없었다.

"자식들이 다 잘된 집이라는 말 듣고 이 집을 샀소." 오래간만에 육 남매가 모여 옛집에 갔을 때, 집주인이 믹스커피를 내오며 한 말이다. 우리는 제각각 생각에 젖어 아무 말도 할 수 없었다. 우리에게 옛집은 굽이굽이 아름다운 추억의 보고이다. 그러나 엄마에겐 치열한 격전지였다. 큰 사업을 꿈꾸며 가장이 집을 비우고 있는 동안, 많은 제사와 대소사를 치러내고, 적잖은 식구는 물론 군식구들 돌봄까지 모두 엄마 몫이었다. 집만은 팔지 않고 지켰어야 했다는 친척들의 원성을 두고두고 들었지만, 그 자리에 있어보지 않은 사람 누가 누구를 평가할 수 있을까. 고인 늪 같은 곳에서 아이들을 탈출시켜 공부하게 해야 한다는 것이 엄마의 유일한 목표이고 삶을 지탱하는 힘이었다.

왜 옷이었을까. 보석도 아니고 돈도 아니었다. 엄마는 언제부턴가 말없이 자식들의 순위를 매기고 있었는데 마음에 드는 옷을 사 오는 자식에게 후한 점수를 매겼다. 그것은 환한 웃음의 깊이로 나타나곤 했다. 환자복 속이나 위에 예쁘다고 생각되는 옷을 껴입었다. 간병인은 도무지 이해할 수 없다는 표정이었다. 아무도 궁금해하지 않는데, 이 옷은 우리 막내딸이 사준 옷, 이 옷은 우리 셋째가 사준 옷 같은 말

들을 중얼거렸다. 그럴 때면 엄마 얼굴에 자랑스러움이 한
껏 묻어나곤 했다.

엄마의 옷은 말하고 있었다. 이것은 내 옷이다. 너희가 사
주었건 내가 샀건, 이 옷들은 살아생전에 내가 나에게 주는
상장이란다. 그만한 상장은 받아도 되지 않겠니? 너희가 다
니던 학교에서 받았던 장한 어머니 상장보다 지금은 이 상
장이 나는 더 좋구나. 나의 사랑하는 아이들아. 내가 평생
바랐던 건 너희들의 성공이었다. 너희가 꿈을 이루었건 못
했건 너희는 항상 나의 자랑이었지만 자식을 볼 수 있는 시
간은 너무 짧더구나. 그래도 너희가 선물로 준 옷들을 볼 때
마다 곁에 있는 듯하단다. 효도가 뭐 별거냐.

참고로 말하자면 너희들이 사준 고상하고 점잖아 보이는
옷보다 화려하고 밝은 옷이 나의 취향이다. 나는 평생을 몸
에 맞지 않는 옷을 입고 살았구나. 팔십이 넘고 구십이 넘어
도 나는 나에게 맞는 옷을 입고 싶다. 밝고 산뜻한 색깔의 옷
을 입으면 그 환한 에너지가 마음까지 밝혀주는 것 같더라.

그리고 지난주에 자식들이 마지막으로 입혀드렸던 엄마

옷은 아무 장식도 없는 누런 삼베옷이었다. 자식들은 엄마 취향을 끝까지 맞춰드리지 못했다.

4부

신호가 바뀔 때

신호가 바뀔 때

창밖을 내다보고 있다. 마음의 길을 잃었을 때 내가 버릇처럼 하는 행동이다. 온 나라가 감염병으로 살얼음판인데 칠월의 오후 햇빛은 천진하게 빛나고, 이층에서 내려다보는 거리는 평화로워 보인다. 교차로에 있는 신호등이 녹색에서 황색, 적색으로, 적색에서 다시 녹색으로 바뀌는 걸 무심히 바라보고 있다.

한 노인이 4차선 도로 옆 인도를 걸어간다. 정장 차림에 중절모를 쓰고 크로스백을 메고 한 손엔 지팡이, 한 손엔 장우산을 들고 있다. 걸어가고 있다고 착각한 것은 그가 걷는 포즈를 취하고 있어서다. 이 자세는 그의 오래된 습관인지 활기차 보이기까지 한다. 그런데 그는 걸어가려 노력하고 있을 뿐 같은 자리에 서 있다.

　노인이 서 있는 곳엔 약국, 병원, 치킨집, 안경점이 죽 늘어서 있다. 안경점 주인은 유리문으로 노인을 보고 있을지 모른다. 노인은 가끔 사방을 두리번거리기도 하지만 막상 누군가가 다가와도 도움을 청하지 않는다. 모든 걸 스스로 해결해야 하며, 도움을 청한다는 게 얼마나 자존심 상하는 일인지 사는 동안 몸으로 체험한 듯하다. 그런데 힘차게 뛰고 앞으로 내달았을 그의 몸이 보이지 않는다. 매 순간 크고 작은 어려움을 뚫고 나갔을 힘과 지혜는 어디로 갔을까. 그의 몸이 그의 의지와 명령을 모른 체하고 있다. 한쪽 발을 가까스로 내딛지만 다른 쪽 발이 따라오지 않는다. 천신만고 끝에 한 걸음 내딛는 데 성공한다.

　나는 오랫동안 아이들이 보내는 신호에 집중해왔다. 미술학원이라는 간판을 내걸고 아이들을 가르치는 일을 해오며 생긴 습관이다. 그들은 몸이 보내는 신호를 마음의 신호로 빠르게 전환한 다음, 그것을 저마다 독특한 선이나 색으로 나타내는 데 천재들이었다. 말로는 섬세한 표현이 어려운 아이들이기에 그림으로 제 이야기를 거침없이 쏟아냈다. 나는 아이들이 찾아낸 고유한 형상을 존중해주고, 결과물보다는 그림을 그리며 즐겁게 노는 그 과정을 중요하게 여겼다. 그림을 통해 충분히 잘 놀아본 아이는 다음 성장의 단계로 넘어간다.

아이들과 함께하는 시간은 순간순간이 새롭고 낯설었다. 연습 없이 바로바로 무대에 올라야 하는 광대 같은 배역이었다. 아이들이 이야기를 털어놓을 수 있게 판을 깔아주려면 내가 먼저 실감 나는 이야기 속으로 들어가야 했다. 아이들은 자신들의 그림을 읽어주고, 하고 싶은 말을 마음껏 하게 해주는 나를 좋아했다. 아무리 힘든 아이라도 며칠 안에 그림으로 즐겁게 말하는 아이로 만들 수 있었다. 아니, 어떻게 하는데 아이가 눈만 뜨면 미술학원에 가고 싶어 할까요. 엄마들은 조용히 열광했다. 그 힘으로 걸어 나갔다. 그때 나의 신호등은 녹색이었다.

비가 온다는 예보는 없었다. 노인은 지팡이를 먼저 앞으로 보내고 몸을 앞으로 기울인다. 그럴 때 몸의 중심을 잡아주는 것은 지팡이와 비슷한 길이의 장우산이다. 노인은 노를 젓듯 그 두 개의 도구를 이용해 균형을 잡을 생각이었나 보다. 좋은 생각이었지만 노인의 몸은 중심이 어디인지를 못 찾고 있다. 노인은 전진밖에 길이 없다고 판단한 듯하다. 아, 한 걸음 성공했다. 그러나 흔들리는 몸을 추스르는 시간이 더 많이 걸린다. 잠시 후 다시 한쪽 발에 힘을 실어본다. 이번에도 지팡이를 다리보다 먼저 보낸다. 어느새 몸의 한 부분이 된 장우산은 다른 쪽 발을 지키고 있다. 그런데 우산이 몸의 흔들림까지 감당하기는 어려워 보인다. 흔들림을 짐짓 무시하기로 한다. 그러나 흔들림을 무시한다는 것은 균형을 무시하는 일이었다.

미술치료를 공부하고 그리기와 접목하는 것으로, 나는 가르침의 균형을 잡으려 했다. 바닥에 뒹굴며 울기만 하는 아이, 매사에 자신 없어 하는 아이, 아무거나 휘젓고 다니는 아이, 화를 잘 내는 아이, 무기력한 아이가 행복한 얼굴로 그림을 그리는 아이로 변하는 시간은 나를 충분히 고무시켰다. 그러나 그 아이들은 곧 '더 중요한 공부'가 필요해서 떠나곤 했다. 아이들의 숫자는 가정에서부터 줄었고 엄마들이 생각하기에 미술이란 꼭 필요한 공부도 아니었다. 장우산을 준비했으나 피할 수 있는 비가 아니었다.

조금만 더, 조금만 더, 하며 멈춰야 할 때를 스스로 놓치기란 얼마나 쉬운가. 코로나라는 감염병은 생각보다 힘이 셌다. 멈춤 신호는 아이들이 먼저 보내왔다. 한 아이가 어느 날 말했다. "마지막으로 선생님 얼굴을 그려드리고 싶어요." 놀랍게도 나의 내면이 얼비치는 초상화였다. 저요! 저요! 작은 손을 들며 아이들은 노란 건널목을 지나 집으로 갔다. 마지막 사뿐히 내린 눈 한 송이가 소나무 가지를 부러뜨린다고 했던가. 빈 교실에서 나는 전의를 상실했다.

누가 신고했을까. 요란한 소리와 함께 119구급차가 도착한다. 비로소 사람들이 모여든다. 노인의 두 발이 아기의 발처럼 공중에 번쩍 들어 올려진다. 노인의 발이 너무나 가벼워 보인다. 그가 어린이에서 청년을 지나 노인에 이를 때까지 맞이하고 떠나보냈을 삶의 찬란한 신호들이 한순간 스르륵 지나간다. 나는 자리에서 천천히 일어난다.

내가 무슨 결심이 섰을 때 하는 버릇이다. 그래, 신호가
바뀌었어.

집으로 가는 길

북한산 둘레길을 걷다가 우이동 쪽으로 내려와 우연히 들른 박물관에서였다. 바늘 모양의 설치물을 따라 전시관에 들어서다 어떤 그림 앞에서 발걸음이 멎었다. 푸른 바다와 초록 들판을 양쪽에 두고, 구불거리는 길이 그것들을 감싸 안은 검고 큰 산으로 이어져 있었다. 단순하고도 또렷한 격자무늬의 들판에 노란 길과 검은 산은 1915년생 작가가 만든 그림이라고 믿기 어려울 만큼 현대적 감각을 풍겼다. 설명을 보니 서양화에 동양자수를 접목한 기법으로 한 땀 한 땀 수를 놓아 완성한 자수화였다. '집으로 가는 길'이라는 제목이 붙은 그녀의 그림을 보고 있노라니, 산 너머 어딘가에 있을 자신만의 집을 향해 걸어가는 한 여인의 모습이 보이는 듯했다.

어느 쪽으로 가야 하는지 알 수 없을 때가 있다. 내가 가고 싶고 가야 할 길은 생각 속에서만 존재하는지 늘 걷는 만큼 지워졌다. 길을 잃은 최초의 기억은 어릴 적 띠풀을 뽑으며 산길을 오를 때였다. 앉은걸음으로 천천히 움직였는데 어느새 함께 있던 친구들이 보이지 않고 낯선 풍경에 둘러싸여 있었다. 나이가 들면 모든 길이 환하게 보일 줄 알았다. 어른이 되어서도 안개 속에서 허방을 딛는 듯 불안할 때가 많았다. 열심히 사는데 늘 뭔가 허전했다. 이것저것 많이 먹긴 하지만 살이 붙지 않는, 데려온 아이 같았다.

나이는 드는 게 아니라 익어가는 것이라느니, 아침 이슬보다 해 질 녘의 저녁놀이 아름답다느니, 나이 들어가는 사람들을 위로하는 메시지는 아침마다 배달되었다. 좋은 말들이었지만 그 말들은 내게 기름 묻은 종이 위에서 튕겨 사라지는 물방울들이었다. '그래, 이참에 노인들을 위한 봉사도 할 겸 복지사 자격을 따보는 게 어떨까' 하는 기특한 생각이 떠올랐다. 딸에게 말했다. 엄마, 체력도 달리는 사람이 복지

사 자격 공부는 안 맞는 것 같아요. 이왕 공부하시려거든 세상이 끝나도 꼭 하고 싶은 공부가 있나 궁리해보세요. 한 사흘쯤 생각해보시고요. 이런 대답이 돌아왔다. 사흘까지 기다릴 필요는 없었다. 내가 오랫동안 잃어버린 집을 찾고 있었다는 것을 깨닫는 데는 단 몇 분이면 충분했다. 나머지 버킷리스트들이 자연스럽게 뒤로 물러났다. 문예창작학과에 입학하고 글쓰기 공부를 시작했다.

내 집을 찾을 때까지 잠시 머물 그 집은 1인실이다. 나는 내가 잘 보이지만 다른 사람은 내가 보이지 않는 가상의 공간이다. 그 집에는 실타래가 하나 놓여 있다. 특별한 매뉴얼은 없다. 모든 걸 알아서 해야 한다. 처음에 조심스럽게 작은 동그라미를 만든다. 아이가 눈을 뭉치듯이 이리저리 굴려본다. 내가 풀어야 하는 실은 단단하거나 질기지도 않다. 그렇다고 너무 조심스럽게 다루어도 안 된다. 속도를 낼 때는 내고 잘못 푼 대목은 되짚어 풀어야 한다. 어느 구간인가는 이상하게 얽혀 좀처럼 풀리지 않는다. 여기를 풀어놓으면 저기가 뭉쳐 있고 저기를 가까스로 다듬어놓으면 너무 느슨해져서 다시 풀어내기를 반복한다. 잠시 후 알 수 없는 시원에서 물이 한 방울 흘러나오듯 한 줄기 다른 실이 나온다.

나의 실은 낯을 가린다. 섣불리 도움을 청할 수도 없다. 못하면 못하는 대로 서툴면 서투른 대로 오직 혼자 해야 한다는 규칙이 있기 때문이다. 끝을 보고 싶다는 생각과 그만 돌아가고 싶다는 생각은 매번 반반이다. 나는 언제든 도망가거나 떠날 수도 있지만 차마 그러지 못한다. 가끔 밀려오는 회의, 낭패감에 풀다 만 실뭉치를 저만치 던져놓다가도 다시 소중한 무엇이라도 되는 듯 꼭 안고 돌아오게 된다. 이윽고 실 한 타래를 풀었다. 실은 풀리면서 또 다른 실뭉치를 만든다. 무채색이던 실타래는 어느새 희미한 색깔을 품고 있다. 나는 나의 손을 떠난 그것이 내가 풀어낸 것이 맞는지, 제대로 감은 것인지 비척거리며 뒷걸음쳐서 거리를 두고 바라본다. 그것은 전생에 나의 무엇이었을까.

자수화 「집으로 가는 길」의 집은 북한산 밑에 있는 박을복 자신의 집만을 염두에 두지 않았을 것이다. 구불거리는 한 줄기 실을 풀어놓은 「수의 근원」이라는 그녀의 작품을 오래 들여다본다. 수의 근원이 실이라는 깨달음을 얻은 후 제작했다는 것이다. 이는 당시에 한낮 여인네 소일거리로 치부되던 자수를 예술로 승화시키기 위한 치열한 고뇌의 흔적이 아니었을까.

익숙하고 편안한 것들을 두고 내면의 소리를 길잡이 삼아 떠나는 여정이 자신만의 집으로 가는 길일 것이다. 20세기 자수인 박을복은 대문을 열고 골목을 지나, 온 마을에 소문을 남기고 집을 떠났지만, 21세기의 나는 스스로 고요한 시간을 만들어 컴퓨터를 여는 것으로 조용히 집을 나선다. 오늘도 나는 꿈 보따리 싸 들고 저 산 너머 어딘가에 있을 나만의 집을 찾아 타박타박 걸어가는 중이다.

나는 다시 새로운 실타래를 집어 든다.

연날리기

아들이 고3 때 느닷없이 "엄마, 나 음대 가고 싶어요" 했을 때, 나도 모르게 급하게 나온 대답은 "너 미쳤니?"였다. 아이가 피아노를 즐겨 연주한다는 건 알았지만 제대로 배우도록 길을 만들어준 적도 없었기에 너무 당황했다. 한참 후에 내가 내놓은 타협안이란 "좋아. 서울에 있는 대학에 들어가서 취미로 음악을 하는 건 묵인할게. 그렇게 하는 사람 많더라"였다. 이 무슨 무식하고 잔인한 말인가. 뒷바라지할 자신이 없어 그랬겠지만 나는 두고두고 이 말을 부끄러워하고 마음 아파했다. 대학에 들어간 아들은 음대 대신 그곳에라도 가야겠다며 해군 군악대를 지원해서 갔다.

이삿짐 사이에 끼어 앉아서도 키보드를 두드리던 아들. 중학생 때, 방에서는 암호 같은 낙서들이 이 구석 저 구석에서 수없이 나왔었다. "웬 쓰레기들이 이렇게 많냐"고 나무라자, 무슨 말을 할 듯하다가 그만두던 모습이 떠올랐다. 이해받지 못할 것 같아 그냥 삼켰을까. 음악 공부를 한다고 했으면 무리를 해서라도 돕고 싶었을 것이다. 참 아둔한 엄마였다.

사람은 날 수 없기에 허공에 연을 띄운다. 아들은 작곡으로 날고 싶어 했다. 복학했지만 그길로 공부와는 담을 쌓고 밴드를 만들어 본격적인 지하활동에 들어갔다. 모든 걸 아들 혼자 결정했다. 음악하는 생활이란 게 낮밤이 바뀐 박쥐의 생활이었다. "엄마, 혹시 방송국 같은 곳에 아는 사람 없어요? 내가 작곡한 곡의 한 소절이라도 들려주고 싶어요" 하는 부탁을 들었지만 내 주변에 그런 줄이 있을 리 없었다. 안타까웠다. 내가 할 수 있는 거라고는 밑반찬을 만들어 아들의 지하 작업실 근처를 서성이는 일뿐이었다. 암담했다. 연은 바닥에 널브러져 있었다.

얼마 전 텔레비전 오디션 프로그램에서 본 기타리스트가 생각난다. 국제적으로 활동할 밴드를 뽑는다고 했다. 순서에 따라 한 팀이 소개되었다. 그들은 '히데상 메이크업'이라는 괴상한 화장에 너무 많은 포인트를 준 반짝이 의상을 입고 있어 겉멋이 잔뜩 든 양아치들처럼 보였다. 더구나 밴드의 리더라는 이는 나이가 좀 있어 보이고, 뭔가 주눅이 든 표정이기도 했다. 세련된 의상을 입은 잘생긴 다른 팀의 출연자들과 심하게 비교되었다. '저 팀은 결승은커녕 첫번째 관문도 어렵겠구나' 생각했다.

겉모습으로 판단한 건 오류였다. 그 팀의 공연이 시작되자 가히 반전의 경지가 펼쳐졌다. 경쟁이라는 걸 잊고 상대편 팀들이 일어나 함성을 내질렀다. 특히 기타리스트가 유난히 눈에 들어왔다. '나 여태 인정받지 못하고 살았지요. 여기서 날아올라 나의 임계점을 한번 넘어보려구요'라고 애절하게 주장하는 것 같았다. 메탈 기타의 솔로 연주는 들어본 적도 관심 가져본 적도 없었는데 소음이 음악으로 바뀌어 스며들었다. 기타로도 말할 수 있다는 걸 처음 알았다. 들리지 않던 베이스 기타가 매력적으로 들리고 드럼이 어떻게 리듬을 이끌어 나가는지도 덩달아 느끼게 되었다. 그 기타리스트와 밴드는 본선 마지막 라운드에 당당히 진출했다. 그의 연이 땅을 박차고 일어났다.

아무리 생각해도 좋아하고 잘해낼 것 같은 일이 이것뿐인데 밥만 축내는 사람 취급받았을 때 그는 서러웠다고 했다. 무슨 자격증이라도 따놓고, 기술이라도 배우라고 집을 나설 때마다 걱정했다는 그의 어머니 타박이 딱 내 심정이었다. 원팀의 사운드를 지키기 위해 닥치는 대로 알바를 했다는데 아들 또한 그랬다. 주변 사람들의 한심해하는 시선을 견디면서도 생활은 해나가야 했으므로 택배기사나 배달 일로 버티기도 했다. 나 역시 생계에 매달려 있던 시절이라 도울 방법이 없었다.

일억 원의 상금과 명예를 거머쥔 그가 수상 소감에서 말했다. "여태 걸어온 길이 헛되지 않았다는 것만 인정받고 싶었어요!" 인정받고 싶은 그 소망 하나로 각종 오디션의 입구는 오늘도 붐비리라.

족히 대여섯 켤레의 슬리퍼가 현관에 뒤엉켜 있었다. 아들의 지하 작업실 입구만 보았을 뿐인데도 억장이 무너졌다. 같이 지낸다는 음악 친구들이나 작업실 구석구석을 굳이 보고 싶지 않았다, 나는 그때 공포영화의 한 장면을 보듯 손을 가리고 있는 꼴이었다. 아무거나 대충 먹고 아무거나 대충 입고 아무 데서나 쓰러져 자는 생활이 말하지 않아도 선명히 보였다. 아, 고작 이렇게 살려고 너는 여기까지 달려왔니. 이렇게 젊음을 보내고 말 거니. 그러나 나는 이미 마음 한편으로 받아들이고 있었다. 엄마의 인정 따위는 신경 안 써도 된다. 그냥 무엇을 하든 네가 건강하고 행복하다면 그것으로 충분하다고. 아들에겐 나와 같이 밥 한 끼 먹는 일보다 팀원들에게 밥 한 번 사줄 현금이 더 절실한 것 같았다. 걸어오는 발걸음이 허정거렸다.

어느 날 아들의 연이 하늘 높이 날고 있다는 소식을 들었다. 동네 마트에 들렀다가 그 애가 작사 작곡했다는 노래를 처음 들었다. 최신 가요의 실시간 순위를 보여주는 음원 차트에서 1위를 하고 있다고 했다. 현실에서 일어난 일 같지 않았다. 그게 어느 정도로 큰 사건인지는 나중에 알았다. 신인이 메이저급 대기권에 얼굴을 내밀어 떠오르기까지 지하에서 얼마나 치열하게 애쓰며 지독한 고비들을 넘어야 하는지, 얼마나 많은 한숨과 불면의 밤과 배고픔과 멸시를 밑거름으로 삼아야 하는지, 얼마나 많은 조마조마한 단계를 거쳐야 하는지 상상조차 하지 못했다. 고비마다 혼자 헤쳐갔을 외로움이 그제야 조금씩 보였다. 아들의 연이 허공에 높이 떠 있던 그 몇 주일 동안 잠깐 들여다본 그곳은 그냥 딴 세상이었다.

창작을 업으로 삼은 사람은 그래서 이 세상의 사람이 아니고 하늘과 땅의 중간 지대에 있는 사람인지 모른다. 그들의 발은 땅을 딛고 있어도 영혼은 늘 저 높은 곳을 향해 반쯤 솟구쳐 있다. 그들은 연을 날리기 위해 준비할 때부터 예술가이지만, 무리에서 떠올라 바람을 타고 훨훨 날고 있을 때 비로소 연이 거기 있다고 사람들은 알아본다. 그렇다고 사람들이 환호하는 찰나에만 예술가일까.

아들의 연은 지금 땅으로 내려와 있다. 연은 스스로 날 수 없기에 매번 준비가 필요하다. 실은 팽팽한가. 무게는 적당한가. 스스로도 빛나는가. 허술한 구석은 없는가. 빈틈없이 점검해야 한다. 높은 연으로 떠올랐던 아들도 그 기타리스트도 다시 땅으로 내려와 연습실에 있을 것이다. 살아 있는 한 세상에 없는 것을 만드는 일이 그들에게 진짜 삶이기에.

숨어 있는 인사

─했어? 나도 했어!

다섯 동생에게서 이런 메시지가 차례로 도착했다. 메시지는 짧을 수밖에 없었다. 임종을 앞둔 엄마에게 각자 비대면으로 마지막 인사말을 했다는 것이다. 그간의 세월을 압축하느라 한 말보다 못한 말이 더 많았을 것이다. 모두가 마지막까지 열려 있다는 귀의 신묘한 기능을 믿고 싶었으리라.

막내 여동생은 우느라 할 말을 제대로 했을지 모르겠다. 엄마의 자랑이던 남동생들도 힘든 통화를 했을 것이다. 가장 씩씩한 셋째의 전화 내용이 궁금하다. 하나라도 더 전달하려고 큰 소리로, 빠른 어조로 말했을 것이다. 내 밑의 동생은 '했어'를 가장 늦게 올렸다. 핸드폰을 만지작거리는 시간이 길었을 것이다. 나는 무슨 말을 했더라.

꽃이 피었지만 보러 가지 말고, 새해의 해가 뜨겠지만 보러 오지 말라고 한다. 이런 팬데믹 상황이 있기 전, 비슷한 금기가 통용되는 장소가 있었다. 노인들이 있는 요양병원이다. 한번은 엄마 면회를 갔었는데 복도에서 엄마가 불안하게 서성거리고 있었다. 창문 밖에 흐드러지게 핀 벚꽃을 간호사나 간병인 허락 없이 함부로 볼 수 없다는 거였다. 향기라도 맡으려고 문을 여는 노인들을 말리는 건, 인지 능력이 떨어진 노인들이 위험할 수 있는 상황이어서 그렇단다. 아예 창문 가까이 가는 것도 막고 있어서 꽃을 유난히 좋아했던 엄마는 몹시 불만이었다. 아, 멀리서 꽃을 보는 것도 금지되어 있다니. 어처구니가 없었다. 그런데 마지막 길을 떠나려 하는 사람 앞에서도 마주 보고 인사할 수 없는, 그보다 더 기막힌 상황이 생긴 것이다.

간다고 일어서면 엄마는 눈 밑의 애교살을 한껏 부풀리며 늘 이렇게 말했다.

"아야, 잘 가잔 말도 못하겠다 잉."

'잘 가거라. 간다고 하니 서운해서 무슨 말을 해야 할지 마땅한 말이 생각나지 않는구나. 사람이 왔다가 가면 그 빈자리가 너무 커서 한동안 마음 잡기 힘들고 속이 지랄 같을 때가 많더라. 그렇지만 어쩌겠니. 너도 가야 하니 보내야 하겠지. 운전 조심해서 가거라.'

평소의 말 습관대로라면 이 정도의 말이 생략되었음을 알았지만 들을 때마다 웃음이 나와 중얼거렸다. "아니, 그 말하는 동안에 잘 가라고 하면 되겠네 뭘."

엄마의 인사말은 자식이 못 찾을까 봐서 다 보이는 곳에 둔 숨은그림찾기 같았다.

엄마는 웃는 게 잘 어울리는 얼굴이었다. 물이 잘 아는 길로 흐르듯이 미세한 주름의 골짜기를 따라 웃음 길로 길이 잘 나 있었다. 엄마는 아무리 힘든 일이 있어도 별 내색 없이 견뎌냈다. 아무도 엄마를 걱정하지 않았다. 조금이라도 좋은 일이 있으면 초승달처럼 휘어지는 눈매와 웬만하면 볼이 미어지는 식성도 한몫했다. 항상 모든 게 잘되어가고 있다고 써 붙인 듯 보이는 얼굴이었다. 늘 밖으로만 나돌던 아버지가 모처럼 집에 들어오면 다음 날 엄마는 더 바지런히 움직였다. 남루한 옷차림으로(이 장면은 늘 가슴 아프다). 저러니 맨날 아버지가 우습게 보지. 나는 그것이 불만이었다. 후덕하게 보인다거나 부잣집 맏며느리 상이라느니 하는 말은 아버지의 기준으로, 여자의 외모는 그렇게 생기면 안 되는 거였다.

돌아가시기 며칠 전 아버지는 병실에 큰 수박을 아무렇지도 않게 들고 들어서는 엄마를 보고 말했다고 한다. "뭘 이렇게 무거운 걸 혼자 들고 다니나. 그러니까 힘든 걸 아무도 모르지." 순간 엄마는 귀를 의심했다고 했다. 그렇게 다정한 소리를 들어본 적이 없어서. 그건 아버지의 마지막 화해의 말이었다고 엄마는 나중에 말했다. 마지막이라는 느낌을 감지하면 사람이 달라진다는 말은 맞는 말일까. 그렇게라도 풀고 싶은 아버지의 숨은 그림이었을까. 엄마의 마음을 조금이라도 만져주고 가신 아버지가 고맙다.

언젠가 '인간시대'라는 텔레비전 프로그램에서 절에 맡겨진 동자승과 오랜만에 찾아온 아버지의 이별 장면을 본 적이 있다. '울지 마. 씩씩해야지' 같은 말을 아버지는 중얼거리듯 반복해서 말하고 있었는데 자신에게 하는 말처럼 들렸다. 하고 싶은 말들은 많은데 아홉 살쯤 되어 보이는 동자승과 그 아버지는 다만 일렁이는 눈빛으로 이별의 슬픔과 안타까움을 교환하고 있었다. 혈육의 이별이라는 것, 나의 뿌리이거나 핏줄이거나 한 것이 떨어져 나간다는 것은 그런 것일까.

영상통화는 하지 않았다. 그냥 목소리만 남기는 통화를 택했다. 눈을 감고 이미 어딘가를 향하고 있을 엄마를 볼 용기가 없었다. 되도록 짧게 하라는 간호사의 부탁이 있었지만 누가 감시하는 것도 점수를 매기는 것도 아닌데 식은땀이 나도록 긴장된 순간이었다. 엄마, 라고 불러놓고 아무 말도 못하고 있었다. 엄마 감사했습니다. 겨우 이렇게 말했지만, 다음 말이 생각나지 않았다. 말과 상관없는 어깨만 들썩거려졌다.

'엄마. 저를 낳고 키워주셔서 감사합니다. 착하고 속 깊은 동생들을 낳아주셔서 감사합니다. 나 어렸을 때 목욕탕에

물을 데워 제일 먼저 들어가게 해주셔서. 눈물을 삼키고 컴컴한 부엌으로 들어가 차렸던 그 수많은 환한 밥상에. 기억조차 못하는 손길에. 설교 대신 항상 온몸으로 희망을 보여주셔서 감사합니다. 부엌도 없는 사글셋방에 살던 신혼 때, 참기름과 김치통을 들고 와서는 빨개진 눈을 보이지 않으려고 골목길을 빠른 걸음으로 걸어 나가시던 뒷모습을 아직도 기억합니다. 너는 좋은 사람이다, 그러니 낙심하지 말아라, 하고 말해주셔서 정말 감사했습니다. 편안하고 기쁜 곳으로 가셨으면 좋겠습니다'라고 말할 수도 없었다.

엄마의 인사말처럼 잘 가시라는 말도 할 수 없었다.

지구 한 모퉁이

　누군가는 산이 거기 있어 오른다고 했던가. 비어 있는 땅이 있다고 거기 집을 짓는 사람도 있다. 둘째와 셋째 여동생 부부다. 산들이 어깨동무하듯 동그랗게 둘러선 마을의 꼭대기에 청량한 기운이 가득하다. 대문에 서서 조금 힘이 들어간 소리로 이름을 부르면 대답할 수 있는 거리에 집 두 채를 지었다. 전북 완주군 비봉면 백도리 17번지와 18번지. 세상에 없던 골목을 만들고 세상에 없던 주소를 만들었다. 삼 년째가 되자 집이 제법 짜임새 있게 돌아가는 게 보인다. 둘째네 마당에는 연녹색 잔디가 아름답게 펼쳐져 있고 포도나무, 앵두, 장미, 국화 등이 조경의 법칙 같은 건 상관없이 심겨 있다. 집을 둘러싸고 있는 산들을 배경으로 빌려 쓸 생각으로 큰 나무는 심지 않았다. 앞뜰 중앙에 심은 복숭아나무는 좀 생뚱맞아 보이긴 했다. "안방마님의 의견이라 함부로 옮길 수 없어요." 제부가 말했다.

둘째네 밭에 들어서면 농작물이 가지런히 종류별로 자라고 있다. 어떤 작물 옆에 어떤 작물을 심어야 하는지 나름대로 질서가 있다. 쌈 채소와 열매채소들은 관리 잘하고 있는 여인의 피부처럼 반질반질 윤이 난다. 밭은 작년의 밭과 디자인이 조금 달라졌는데, 상추밭으로 들어가서 토마토 줄기를 돌아 나오는 구조에서, 부추밭에 눈인사하고 옥수숫대를 살짝 밀치고 나오는 구조로 바뀌었다. 둘째네 밭에 풀은 잘 보이지 않는다. 땅을 깊이 파고 여러 번 뒤엎어 돌멩이와 잡초들을 솎아낸 다음, 고운 입자가 될 때까지 손으로 주물러 살살 편 후 적당히 거름을 준다고 했다.

반면 셋째네 마당과 밭은 좀 어수선하다. 작물은 풀과 함께 자라는 게 더 좋다는 생각일까. 묵정밭을 털어내다 보니 잡초들 밑에 폭삭폭삭한 기름진 땅이 나왔다고 했다. 적당히 보습이 되어 있어 흙냄새가 너무 좋았단다. 밭에는 질경이, 쇠비듬, 바랭이가 보였다. "왠지 이 잡초들이나 야생동물들이 우리를 지탱해준다는 느낌이 들어. 땅이 원하니 그곳에 쭉 있어온 게 아닐까. 이들이 원주민들이야." 셋째의 주장이다. 잡초는 햇볕이 있어야 발아하므로 미리 볏짚을 덮어두고, 싹이 튼 잡초는 생장점만 잘라주어도 무성하게 자라지는 않는다는 설명이다. 무리하게 제초제를 뿌려서 슈퍼잡초를 출현하게 하는 악순환을 겪고 싶지 않다고 했다. 셋째네 밭에는 잡초가 드문드문 섞인 채 자유로운 영혼인 양 고추와 토마토가 선명한 노랑과 빨강으로 잘 익어가고 있었다.

우리 형제들은 모두 채소를 좋아한다. 어릴 때부터 먹어온 질 좋은 채소들을 직접 생산하고 싶은 꿈이 늘 있었다. 동생들은 도시에서 구할 수 있는 채소에는 한계가 있다고 여긴 듯하다. 둘째는 도시의 텃밭에서 오 년 입문 과정을 거쳤고 셋째는 캐나다에서 돌아온 후, 일 년 동안 여기저기 농촌을 다니며 농민이 되기 위한 교육을 받았다. 그런 꿈이 있다고 해서 바로 실천에 옮길 수는 없었다. 함께할 가족의 의견을 맞추는 일은 물론, 어디에 가장 중요한 가치를 둘지 생각을 모아야 했다.

"영구적으로 인간다운 삶을 영위하는 유일한 생존 방식은 농사이다." 작고한 김종철 『녹색평론』 발행인의 말이다. 그 가르침을 동생들이 귀담아들었는지는 모르겠다. 그 말들에 공감했다며, 틈만 나면 시골에서 살고 싶다고 노래를 한 사람은 나고, 실천에 옮긴 것은 동생들이다. 나만 아직 내려놓지 못한 짐을 잔뜩 지고 먼 데를 바라보고 있는 형국이다.

동생들은 새벽 다섯시에 일어난다고 했다. 새벽 다섯시, 그 시간은 농부의 시간이다. 그들은 바로 밭으로 나간다. 흙을 어루만지고 보살피러. 노동의 시간은 힘들어도 그 몇 배의 즐거움을 준다는 게 그들의 생각이다. 그들은 GM 종자가 아닌 토종 씨앗에도 관심을 가지지만 자기 땅 안의 작물만 안전하게 재배하는 게 말이 되는지 심각하게 고민하기도 한다. 토종이 우리에게 맞고 맛도 있으며, 토종 농산물을 지켜야 한다고 주장하기도 한다. 게걸무, 쥐이빨옥수수, 구억배추 등 이름도 정겨운 우리 토종 농산물을 구해서 심기도 하고 씨앗을 받아놓았다가 교환하기도 하는 것이다. 재를 뒤집어쓰고 나온 토종 배추의 새싹 두 개는 너무 귀여웠다.

"마당을 쓸었습니다. 지구 한 모퉁이가 깨끗해졌습니다."
나태주 시인의 시다. 자급자족하고 형제들과 조금씩 나눌
만큼의 텃밭 규모이니 '농사'라고 할 수 없는지 모른다. 동
생들이 하는 텃밭 농사는 아주 작은 것이지만 지구의 한 모
퉁이를 가꾸는 일이라고 우리 형제들은 생각하고 있다. 보
기 좋은 음식 재료와 맛집이 지천으로 있는 세상이지만, 우
리가 그곳으로 즐겨 모이게 되는 이유는 자연과 사람이 하
나 되는 느낌을 어렵지 않게 만날 수 있기 때문이다. 그곳에
머물다 오면 보이지 않는 힘이 가득 채워지는 느낌이다.

"언니. 고라니는 콩을 다 까먹고 나서 껍질을 가지런히 놔
둬. 요만큼 먹었어요, 하듯이." 아침 산책길에 둘째가 말했
다. "사람들 같으면 먹기 전에 콩을 접시에 가지런히 놔둘
텐데" 하고 내가 말했다. 둘째는 그 옛날 열 살 무렵에 짓던
친근한 표정으로 나를 쳐다보았다.
동생들이 싸준 채소 박스를 열었더니 대왕거미 한 마리와
무당벌레 한 마리가 상객으로 따라왔다. 토종마늘을 까보았
다. 어찌 그리 예쁜지. 고운 여인의 버선발같이 조붓하게 내
려간 선. 나도 고라니처럼 마늘을 가지런히 놓아보았다.

5부

풍경화 그리기

하늘까지의 높이는 똑같다

저절로 웃음이 나왔다. 그 작은 밭에는 고구마 줄기가 딱 하나 심겨 있었다. 아차산으로 올라가는 동쪽 산책로에 납작한 집들이 이어져 있는데 플라타너스 가로수도 줄지어 서 있다. 그중 한 나무 밑 한 뼘 석쇠만 한 공간을 누군가가 밭으로 쓴 것이다. 육십쯤 되어 보이는 남자가 고구마 줄기에 국 대접으로 물을 주는 장면을 본 적이 있다. 처음에는 잎사귀 몇 개 돋아나더니 어느새 줄기가 생겨나고 있었다.

길가에 있는 집이란 게 닫혀 있어도 활짝 열려 있는 모양새다. 굳이 들여다보지 않아도 살림살이가 어떻게 돌아가는지 훤히 드러난다. 탄 냄비처럼 컴컴한 부엌, 덜덜거리며 돌아가는 선풍기, 둥근 알루미늄 밥상과 누런 양은 냄비 몇 개. 엄격히 말하자면 그 집 마당은 사람들이 지나다니는 인도이며 고구마를 심어놓은 가로수 밑 한 뼘 작은 공간은 무단 점유에 해당한다.

가끔 어떤 광경과 마주친다. 아차산 밑의 그 남자가 햇볕 좋은 날 러닝셔츠 바람으로, 어딘지 정신이 온전치 않아 보이는 아내의 머리를 국숫발처럼 받쳐 들고 조심조심 잘라주고 있는 장면이다. 정성스럽게 가위로 자르고 제대로 맞게 잘랐는지 앞뒤로 살핀다. 무슨 예술작품을 다루는 것 같다. 틈틈이 아내에게 거울을 보여준다. 아내는 드문드문 빠진 이를 보이며 활짝 웃는다. 끝나면 목에 씌운 흰 보자기를 벗기고 목 언저리에 묻은 머리카락도 꼼꼼히 털어준다. 남자가 인도이자 마당인 그곳을 빗자루로 깨끗이 쓸어내는 동안 아내는 지나가는 사람을 구경하기도 하고 남편이 심어놓은 고구마 줄기를 찬찬히 바라보고 있기도 한다.

나는 집의 생명이 마당에 있다고 생각해왔다. 집에는 차가운 곳과 따뜻한 곳이 동시에 필요한데 차가운 쪽을 담당하는 자리가 마당이다. 마당은 숨을 쉬는 장소이기도 해서 마당에 나오면 심호흡을 깊이 하게 된다. 아침에 나와보면 전날과 무대장치가 살짝 바뀌어 있다. 나뭇잎들이 한쪽으로 쏠려 있거나 어제 못 보던 풀이 나와 있다. 시시각각 나무 그림자도 움직인다. 마당 한구석에 텃밭도 필수다. 떡잎이 나왔네, 새순이 돋았네 하며 살펴보는 재미가 쏠쏠하다. 손을 뻗을 수 있는 거리에서 자주 필요한 것들을 얻는다. 작은 꽃들을 통해 마음의 산소를 공급받기도 한다.

마당이 있는 집에서 두 번 살아보았다. 내가 태어나고 자란 집과 십 년 전 남편이 설계하고 지은 집. 두번째 집은 이런저런 이유로 집이 나를 떠나갔다. 내가 심어놓은 자두나무에서 자두가 빨갛게 익어 가지마다 치렁치렁 땅에 끌리던 날이었다. "이렇게 예쁘게 가꾸어놓고 왜 집을 떠나세요" 하고 집을 산 사람이 말했다. 그 집의 마당은 애당초 내 것이 아니었을 것이다.

사 년 전, 자유 여행을 즐기던 딸을 따라 스페인 바르셀로나 옆 어떤 도시의 성에 며칠 머물렀던 적이 있었다. 삼층 정도의 낡은 건물이었는데 일층의 한 부분을 숙소로 쓸 수 있도록 개조해 여행객을 받고 있었다. 밤이면 창문들 어디선가 삐걱거리는 소리가 났다. 거대한 공원 같은 그곳은 방마다 희뿌연 거울과 흰 보자기로 덮여 있는 가구들과 악기들이 있었고, 목욕실과 세탁실과 놀이방이 있었다. 수동으로 밥을 주는 높은 시계탑이 있고, 심지어 전용 성당이 딸려 있었다. 아기들을 키우던 방에는 아기 초상화와 장난감과 작은 연극무대도 있었다. 한 시절을 화려하게 누렸을 얼굴들이 근엄한 초상화가 되어 청동 액자 안에서 내려다보고 있었다. 많은 게 갖추어져 있어도 사람의 온기가 없는 공간은 쓸쓸할 뿐이었다.

그곳의 생기를 책임지고 있는 것 중 하나는 마당의 나무였다. 마당이라기보다 공원 같았던 성의 나무들은 주인이 떠난 지 오래된 것을 아는 듯 마음껏 웃자라 있었다. 어떤 창문 앞의 나무는 다리 떠는 불량 학생 같은 자세로 약간 비스듬히 서서 어수선하게 자란 가지들을 바람에 흔들리도록 내버려둔 채 마음껏 저항하는 몸짓을 보여주고 있었다. 한때는 누군가 그 나무를 정성을 다해 가꾸며 그윽이 바라보기도 했으리라.

아차산 밑의 그 남자는 작은 텃밭에 무엇을 심을지 고민

하다가 고구마 줄기를 하나 심었을 것이다. 고구마 줄기가 말간 얼굴로 부엌 쪽을 기웃거리는 모습을 아내에게 보여주고, 한 번 더 그녀를 활짝 웃게 해주고 싶었을 것이다. 그는 한 평도 못 되는, 한 뼘의 땅이 주는 진정한 위로를 알고 있는 사람인지 모른다.

아차산 밑에서 인도를 잠깐씩 빌리며 사는 남자의 작은 텃밭과 내가 살던 옛집의 마당과 스페인 청동 액자 안 성주의 정원을 생각할 때가 있다. 그 넓이와 규모는 애당초 비교가 되지 않는다. 그러나 하늘까지의 높이는 똑같다.

고등어 반상

'여우와 두루미'라는 동화는 이렇다. 숲속에 살고 있던 여우가 강가에 사는 두루미를 초대했다. 초대에는 음식이 딸려 나오는 법. 여우는 맛있는 수프를 만들어 두루미에게 대접했다. 그러나 납작한 접시에 담긴 수프를 두루미는 먹을 수 없었다. 두루미도 여우를 초대했다. 목이 긴 병 속에 담긴 요리를 여우는 먹을 수 없었다. 여우와 두루미는 배를 쫄쫄 굶으며 서로를 원망하다 복수해야지 하고 생각했다. 끝까지 읽고 나서, 어린 나는 없는 뒷장을 궁금해했다. 그래서, 그다음엔 어떻게 되었을까. 여기서 끝난다면 너무 심하지 않나. 내가 궁금한 것은 늘 동화의 그다음 장면이었다.

다 읽은 동화책을 다시 꺼내 읽는 날처럼 만나게 되는 사람도 있다. 삼월 어느 날, 남편의 선배인 조각가가 가까운 곳으로 이사 왔다기에 집을 방문했다. 그 집에는 늙은 개 두 마리, 늙은 살구나무, 그리고 늙은 조각가가 살고 있었다. 하얀 벽을 배경으로 그가 만든 작품들이 적당한 자리에 배치되어 있어 보기 좋았다. "전 시원하고 차가운 게 좋거든요." 방이 썰렁한 것 같아서 물어봤더니 그가 대답했다. 집을 지을 때 아예 온돌을 설치하지 않았다고 했다. "따뜻한 방에서 자보고 싶어요" 하고 말하던 삼십 년 전 그의 첫 아내가 떠올랐다. 아이 낳은 지 얼마 되지 않아 찾았던 집에서 그의 아내는 부숭부숭한 얼굴로 내게 말했었다. 그녀는 얼마 후 아이를 두고 집을 나갔다고 들었다. 모든 게 잘 갖춰져 있는데, 지금도 그 집에는 두루미 없는 여우가 혼자 살고 있었다. 아니 여우 없는 두루미인가.

우리 집에도 여우와 두루미가 산다. 내가 맛있어하는 불고기나 갈비찜을 남편은 먹을 수 없다. 먹기는커녕 나에게는 맛있는 냄새가 남편에겐 구토를 부르는 냄새이다. 삼겹살 굽는 냄새도 마찬가지다. 그나마 타협의 여지가 있는 것

은 닭고기이다. 그는 닭가슴살만을, 나는 그 나머지를 먹는
다. 남편은 차갑고 시원한 맛, 나는 따끈하고 고소한 맛, 남
편은 맵고 강렬한 맛, 나는 싱겁고 슴슴한 맛, 남편은 시원
한 맛의 열무김치, 나는 고소하고 감칠맛 나는 얼갈이김치,
남편은 배추속대 김치, 나는 겉대 김치, 이런 식이다.

　내가 자주 차리는 것은 생선 반상이다. 국이나 찌개가 있
어야 하고 생선과 채소 몇 가지를 번갈아 사용하는 구성이
다. 남편은 그중 고등어 요리를 가장 좋아한다. 나도 고등
어를 싫어하지 않지만 이제는 좀 질린다. 거의 평생을 고등
어 반상을 차렸으니. 꿈에도 고등어가 따라올까 겁난다. 그
동안 내가 상에 올린 고등어는 대체 몇 마리쯤 될까. 고등어
간장 양념구이, 고추장 양념구이, 간고등어 구이, 간고등어
찜. 이쯤 되면 나는 고등어를 위한 위령제라도 지내야 할 형
편이다. 맛있는 음식 만드는 건 내가 좋아하는 일이지만 어
쩌다 손님을 초대하는 경우가 아니고 매일매일 같은 상을
차려내는 일은 갈수록 의욕이 떨어지고 힘에 부친다. 내가
먹을 음식은 대충 넘어가는 것도 서럽고 서운하다. "미안하
다." 시어머니는 남편의 식성에 대해 나에게 이런 말을 하신

적이 있다. 아마 그분 생전에 누구에게 미안하다는 말은 처음 해보셨을 것이다. 하여간 피할 수도 안 할 수도 없는 세끼 식사를 앞에 두고 나 스스로 질릴 때가 많다.

그런데 이런 실험도 있다고 한다. 수백만 마리의 야생동물이 사는 아프리카 세렝게티 초원의 일이다. 케냐와 미국의 동물학자들이 '소와 얼룩말의 공동생활'을 연구한 적이 있었다. 좀 까칠한 성격의 얼룩말과 무던한 성향의 소를 같이 있게 하면 어떤 일이 일어날까. 비가 오지 않는 건기에는 먹이가 부족하니 양쪽이 같이 있을수록 갈등이 커졌다. 하지만 풀이 잘 자라는 우기엔 같이 있을수록 양쪽 모두에게 살이 올랐다.

이유는 그들이 사실 다른 풀을 먹는다는 데에 있었다. 소화력이 좋고 성질 급한 얼룩말이 키가 크고 뻣뻣한 풀을 대충 뜯고 지나가면 느긋한 소가 다가와 큰 풀에 가려져 있던 부드러운 싹들을 먹는다. 이 작은 풀들은 얼룩말이 키가 큰 풀을 먹고 나면 비로소 보이는 풍성한 소의 식탁이라는 것이다. 염소와 양도 그렇다고 한다. 이들 역시 서로 다르기에 같이 살 수 있다는 것이다.

남편은 늘 말한다. "같이 밥 먹자"라고. 그런데 내가 먹고 싶은 반찬이 없는 식탁에 앉고 싶지 않다는 게 솔직한 심정이다. 이런 경우, 삶의 소소한 행복 중에 맛있는 것을 함께 먹는 일이 들어 있다는 정도의 표현으로는 성에 안 찬다.

두루미가 여우의 식탁에 앉아 서운해하지 않고 천진스러운 목소리로, "혹시 집에 긴 병 있어요?" 하고 물었으면 어땠을까. 조금 늦었지만, 여우는 알아차리고 긴 병을 가져왔을까. 여우는 무시한 게 하니라 그냥 자신의 방식밖에 몰랐을 수 있다. 모르면 알 수 있을 때까지 나의 식성은 이렇다고 말해줘야 하지 않았을까. 자신을 드러내 보이는 것이 나를 이해시키는 최선의 방법이라니 말이다. 그 조각가 선배의 아내도 "나는 따뜻한 방이 더 좋아요" 하고 당당하게 말했으면 어땠을까.

쉽고 간단할 것 같은데 이 또한 삶의 다른 문제처럼 쉽고 간단하지 않다. 남편의 식성은 본인의 선택이 아니고 끝없이 거슬러 올라가야 하는 유전자 고리의 문제일 수 있기 때문이다. 나의 갈등을 알고 있다고 하더라도 남편이 양보할 수 있는 범위는 그다지 넓지 않다.

'이제 남편은 자신의 풀을 유유히 뜯고 나는 나의 풀을 뜯는다. 닭 한 마리를 시켜 한 사람은 닭가슴살을, 한 사람은 다리와 날개살을 먹는다. 배추김치 한 포기를 꺼내 그는 속대 부분을, 나는 잎사귀 부분을 먹는다. 각자 좋아하는 음식이다. 게다가 세상이 좋아져서 채식주의자를 위한 만두도 나왔다. 나의 일이 하나 줄었다.'

우리 집 동화의 마지막 장면이 이렇게 끝나면 제법 훈훈한 마무리가 될까. 그런데 이 세상의 음식 재료가 부드러운 풀과 억센 풀로만 구성되어 있지 않다는 게 문제이다. 또 삶에는 풍족한 '우기'만 계속되지 않고, 길고 다양한 '건기'가 존재한다는 것도.

결국, 우리 집 동화는 '각자 알아서 쓰기'밖에 답이 없을 것 같다.

더 좋은 인연

조용한 길이다. 전북 완주군 삼례읍 어느 가파른 산길에 개망초가 무리 지어 흔들리고 있다. 그 위로 뒤에 서 있던 오래된 밤나무 잔가지가 '툭' 떨어진다. 개망초들이 멈칫하다 다시 흔들린다. 아무렇지도 않은 사건이다.

올해 일흔이 된 한 남자가 꽤 무거워 보이는 가방을 안듯이 들고 그 앞을 지나간다. 차가 올라갈 수 없는 좁은 길이라 걸어가는 중이다. 모퉁이를 돌자 저만치 늙은 감나무를 등지고 한 노인이 지팡이를 짚고 서 있다.

노인의 얼굴에 반가운 미소가 슬쩍 번진다. 온종일 써볼 일 없는 미세한 얼굴 근육들을 지금 쓰고 있다. 온종일 쓸

일 없는 목소리도 흔들리며 딸려 나온다. "어서 오시오!"

여든다섯 살 남자 노인. 뇌졸중을 앓고 난 그의 몸은 한쪽으로 팔 도쯤 기울어져 있다. 주인을 닮는 것인지 이 집의 기둥도 조금씩 기울어져 있다. 마당 구석 헛간의 삽이나 괭이도 거미줄에 싸여 벽에 기대어 있다. 그가 기다리고 있는 것은 한 끼의 점심 식사뿐만이 아니다. 키우는 강아지도 없는 집에 한 움큼 온기를 전달받는 일이다. "이런 날씨에 어찌 오셨소." 노인의 얼굴에 미안함과 고마움과 반가움이 교차한다. 여러 말 하지 않아도 걸어온 남자의 한 걸음 한 걸음을 노인은 환히 짚고 있다. 그의 거처에 잠깐 생기가 돈다.

싸리비 지나간 자리가 들쑥날쑥한 여섯번째 집 앞이다. 여든아홉 살 여자 노인. 가진 옷 중에 가장 깔끔한 옷으로 갈아입고 찐 고구마 담긴 비닐봉지를 들고 서 있다. 그냥 방 안에서 기다리시라 해도 늘 마당 끝으로 나와 있다. 할 말이 많아 보이는 할머니. 그래도 짧게 말하려 노력한다. 마치 대본을 미리 연습해둔 배우처럼. 되도록 정확하게 잇새로 새어 나가는 발음을 조심하며 할머니는 고르고 고른 말을 내놓는다. 오늘은 남자에게 긴히 보여줄 것도 있다. "올해는

야가 아조 실하게 벙글어졌다오." 보랏빛 과꽃을 가리키며 노인은 그 과꽃이라도 된 듯 활짝 웃는다. 본인의 이가 대부분 빠졌다는 걸 잠시 잊는다.

결식 우려가 있는 독거노인들을 위한 도시락 배달은 전국의 지자체에서 펼치는 의미 있는 사업 중 하나이다. 전북 완주군도 근방에서 직접 재배한 신선한 농산물로 시니어 클럽의 자원봉사원들이 한껏 솜씨를 발휘하여 도시락으로 점심을 제공한 지 몇 년 되었다. "돈도 반찬도 필요 없소. 친구가 필요하요" 하고 말하는 노인들도 있지만, 어쨌든 끼니때는 돌아오고 이것저것 만들 힘도 능력도 없는 홀로 사는 노인들에게 때맞춰 점심을 배달해주는 서비스는 이들에게 크나큰 위로이다. 오로지 이 시간만을 기다리는 노인도 많다고 한다. 음식 맛도 좋다는 평이다.

배달을 맡은 남자는 도시 생활을 접고 삼 년 전에 이곳으로 귀촌을 했다. 소규모의 밭농사만 짓는지라 남는 시간을 이용하여 자신에게 맞는 일을 하려고 군청을 찾았다가 이 일을 맡게 되었다. 도시락 배달은 완전한 봉사는 아니다. 군에서 조금씩 수고비가 나온다. 그러나 배달 중에 일어나는 일일이 다 말할 수 없는 돌발사건들에 비하면 미미한 액수이다. 가슴을 쓸어내린 적도 많다. 작은 차에 도시락을 싣고 열대여섯 채의 집을 찾다 보면, 어제까지 없었던 큰 돌이 느닷없이 길을 막고 있고, 갑자기 어느 길모퉁이에 움푹 파인 물웅덩이가 나타나는가 하면, 기다렸다는 듯 길을 가로질러 내달리는 고라니에 깜짝 놀라는 일이 한두 번이 아니다. 이런 것들은 아무도 알려주지 않는 사건이다.

나쁜 날씨는 또 하나의 복병이다. 비 오고 바람 부는데 천둥 번개까지 극성이다. 무거운 도시락을 들고 다닌 탓에 팔도 말썽이다.

도시락과 함께 남자가 늘 장착하고 가는 것은 '활짝 웃는 얼굴'이다. 적어도 웃을 준비가 되어 있는 얼굴이다. 그는 이 얼굴로 노인들을 만난다. 웃음은 노인들이 진즉 떠나보낸 귀한 친구. 노인들 주변에 안개처럼 감도는 정적을 헤집어 움직이게 하는 데 이보다 좋은 명약이 없다. 웃는 얼굴은커녕 사람 구경하기도 어려운 차에 이 젊은이(?)는 어디서 뚝 떨어진 선물인가. 인기스타가 따로 없다. "어찌 이리

잘생겼소" 하고 할머니들이 말하는데, 웃음 띤 얼굴이 비결이라면 비결이다. 남자의 얼굴에 잘 말린 햇빛 한 조각 같은 미소가 번질 때, 노인들 얼굴에 서려 있던 시름들이 잠시 지워진다.

따뜻한 한 끼를 들고 활짝 웃으며 오는 이 사람은 누구인가. 이것은 노인들에게 무슨 인연인가. 명절이면 찾아오는 자식도 있고, 용돈을 가끔 보내주는 자식이 있기도 하지만 이 인연은 노인들의 일생에 예기치 않은 깜짝 선물이다. 노인들은 꽁꽁 얼린 아이스크림을 꽃처럼 들고 있기도 하고, 빨간 홍시, 사탕 한 개, 쌀 튀밥이 편지의 '추신'이나 노래의 '후렴구'처럼 들려 있기도 한다. 어느 할아버지는 국화 몇 뿌리, 실하게 뿌리 내린 채송화 모종을 뽑아준다. 뭐라도 주고 싶다. 그들이 다하지 못한 말들, 풀어내지 못한 마음들을 남자는 빈 도시락에 가득 채워 담아 들고 돌아온다. 이것도 군에서 지시한 적 없고, 배달 매뉴얼에도 없는 일이다.

좋은 인연이란 약속을 지키는 것이다. 그 시간쯤에 올 거라고 굳게 믿는 사람이 비가 오나 눈이 오나 저 모퉁이를 돌아 어김없이 나타나는 일이다. 노인들은 그가 오는 발소리에 귀 기울이며 잠시 행복하기도 하리라. '누가 온다. 나를 위해.'

누군가 한마디라도 말을 하고 들어주면 그것으로 문제는 이미 해결된 것이나 마찬가지다. 얼마나 하고 싶은 말이 많을 것인가. 가슴속의 말들은 그냥 안 해도 되고, 못해도 되는 줄 알았다. 숨어 있는 말들은 그냥 삼키며 지내는 것인 줄 알았다. 그런데 할 수 있는 말이 생겼다. 그냥 한마디면 되는 것도 있고 한참 걸리는 말도 있으리라. 그들은 시간이 없는 남자의 처지를 이해하여 이야기를 압축했다가, 다시 되새김질하여 꺼내놓는다. 꽁꽁 싸맸다가 나온 그 말이란 그저 "고생하요" "고맙소"가 고작이다. 그 말들은 오래 숙성되어 단내가 난다.

떨어져 사는 노인의 피붙이가 전화할 때도 있다. "뭔가 사례를 하고 싶은데 방법이 없을까요. 너무 고마워서요." 전화기 너머에서 노인의 자식이 울먹인다.

"사례라니. 당치않아요." 남자는 말해준다. 누가 이렇게 자신을 간절한 마음으로 기다릴 것인가. 그 생각만으로도 남자에게 이 일은 말로 다 할 수 없는 기쁨이다. 이 일을 기획한 사람이나 음식을 만드는 사람도 중요한 일을 하고 있지만, 마지막 바통을 전달하는 자신의 역할에 보람과 감사를 느낀다. 남자는 자신이 받을 것을 이미 넘치게 받았다고 생각한다.

시월 말에 그 남자네 집에 가면, 온 뜰에 샛노란 국화 무더기들과 색색의 과꽃들이 여기저기서 환하게 웃고 있다. 이제 막 말문이 터진 꽃들이 왁자하게 떠들썩하다.

그 남자는 2022년 9월을 마지막으로 삼 년 동안의 도시락 배달 일에서 명예퇴직을 했다. 팔 치료가 끝나면 다시 일해볼 생각이다. 그 남자는 나의 제부이다.

비자림 의원

소문을 들었다. 그곳에 가면 명의들이 많다고. 늦가을 오전 제주도 구좌읍 비자림 숲속은 어제 내린 비로 촉촉했다. 바닥에 융단이 되어 누워 있는 이끼들이 참 평화로워 보였다. 나무 의사들은 가슴마다 모두 숫자 이름표를 달고 있었다. 입구에 서 있던 175호 나무는 등나무 청진기를 주렁주렁 매달고 나무 봉을 흔들며 숲을 향해 소리쳤다. "새 손님 오셨다. 잎사귀 쭉쭉 펴고 산소 듬뿍 준비하시게나."

오래된 나무들이 많아서일까. 처음 와보는 장소인데 낯선 느낌이 들지 않고 아는 친척들이 모두 모인 잔칫집 같았다. "자기소개 좀 해봐요." 심호흡하며 입구에서 조금 걸어 들어갔을 때 210호 나무가 나무 마이크를 갖다 대며 상냥하게 말을 걸어왔다. "정보가 있어야 우리도 진찰하지요. 마이크가 오면 자신이 어떤 사람인지 대략 말할 수 있어야 해요." 내가 평소 습관대로 망설이고 있자 "그럼 범위를 좁혀줄게요. 지금 문제가 뭐예요? 이제 명의분들이 친절하게 상담해주실 거예요" 하는 말이 바로 옆에서 속삭이듯 들려왔다.

바닥은 적당히 적당히 푹신해서 걷기 좋았다. 내가 이곳에서 상담받고 싶은 문제는 불면증이었다. 갖은 방법으로 초대해도 오지 않는 잠. 언젠가부터 숲속의 바람도 몸 안으로 들어왔다. 밤에 더 이는 바람, 이명이라고 했다. "어이, 거기. 세상 걱정 다 짊어진 것 같은 양반! 비자림 의원에 온 걸 환영하우. 신선한 공기는 많이 있으니 양껏 마시구려." 205호 나무가 나를 불러세웠다. 검은 흉터가 눈썹 문신을 한 것처럼 보였다. "잊히지 않는 기억이 너무 많다구? 다 잊어버리게. 안 좋은 기억을 자꾸 되새김질하니 불면증이 된다네. 자네 나무 베는 소리도 들어보았는지. 어머니 나무의 큰 가지가 태풍에 부러져 다른 나무에 걸려 있었다네. 사람들이 기계를 가져왔지. 으으, 그 소리는 지금도 끔찍해. 옛날에는 그래도 나무꾼이 도끼로 나무를 치기 전에 외쳤다고 해. '도끼 들어갑니다아'라고. 헌데 지금은 예의 없이 바로 전기톱이 들어와. 으으…… 오래전 일인데도 지워지지 않네. 자네한테 다 잊으라고 한 말 취소네." 그는 눈을 질끈 감았다. 유난히 깊어 보이는 그의 얼굴 주름은 꿈틀거리는 먹빛이었다. 회상하느라 그는 처방 내리는 걸 잊은 것 같았다.

숲 안쪽에 비스듬히 서 있던 226호 나무는 순서를 기다렸다는 듯이 빠르게 말했다. "잣나무 숲에서 빗소리에 귀 기울여본 적 있나요? 큰 나무를 안아본 적 있나요? 신발과 양말을 벗고 맨땅 위를 걸어봤어요? 막연하고 새로운 느낌을 두려워하지 말아요. 당신은 잠자는 숲속의 공주처럼 동화 속에서 그냥 왕자가 오기만을 기다린 건 아닐까요? 몸이 원하는 대로 표현해보아요, 아무도 보고 있지 않은 것처럼 춤추라는 말도 있지 않아요? 힘 빼고 표현해봐요. 잘 안 된다구요? 누군가의 도움이 필요한 단계군요. 우리는 안에 있는 걸 잘 나오게 하는 방법으로 뭐가 좋을지 연구해보았어요. 압착해서 빼는 방식 말고 녹여 나오게 하는 방식이 더 효과적이라는 것도 알아냈고요. 그 결과 우리는 몇 가지 데이터를 작성하였답니다."

길이 양쪽으로 나뉘어 있어 오른쪽 길로 들어섰다. '녹여 나오게 하는 방식'이라는 말은 상당히 흥미를 끌었다. 마음에 걸리는 사소한 말 한마디에도 나의 불면은 작동하고, 문제가 되었던 일들이 무한으로 자동 재생되고 있었다. 풀어 내려 하거나 떨쳐내려 할수록 악착같이 달라붙는 것이 내 불면의 한 형태였다.

숲이 좀 더 깊어질수록 숨쉬기가 편안해지고 평화로운 기분이 되니 이들의 말이 더 그럴듯하게 들렸다. 수령 526년 된 나무는 어느 방향으로건 튼실하게 가지를 뻗고 있어 신령스러운 느낌이 감돌았다. "지금 없는 걸 무작정 그리워한다고 자네에게 오는 건 아니지 않나? 있는 걸 활용해보게. 녹여 나오게 하는 방법의 하나가 발표하기인데 우리 나무들은 자네처럼 마이크 앞에서 말을 잘 못하는 사람이 많다는 데서 힌트를 얻었다네. 지금 마이크를 오래 쥐고 있는 사람은 대체로 자랑할 게 많은 사람이고. 그것을 우리는 '자기 자랑하기'로 정의 내리곤 하지. 사실은 말을 한다는 것이 대부분 여기에 속한다네. 부정적으로만 듣지 말게나. 본인이

신이 나지 않으면 발표할 동력이 생기지 않으니 말일세. 바야흐로 자랑 전성시대네. 수많은 유튜버나 블로거, 일인 크리에이터의 눈부신 활약들을 보게나. 이런 자랑도 품위 있게 제대로 하려면 몇 가지 조건이 있어. 당연히 제대로 된 자랑거리가 있어야 해. 갈증 난 사람들이 목을 축일 수 있게, 깊은 우물 속의 진짜 샘물 같은 자랑을 제공해야 한다는 말일세."

돌연 길을 가로질러 지팡이를 짚고 서 있는 할머니 나무와 맞닥뜨렸다. "누구나 자랑해서 인정받고 싶은 건 본능이지요. 적극적인 사람은 적극적인 방법으로, 소극적인 사람은 소극적인 방법으로. 그냥 겸손하게 말했을 뿐인데 거기에도 자기 자랑이 교묘하게 숨어 있어요. 어찌 보면 자랑에도 총량의 법칙 같은 게 있어서, 사는 동안 평생 풀어내야 할 자랑이 존재하는지도 몰라요. 사람에 따라 총량이 좀 다르긴 하겠지만 말이죠. 그러니 멍석이 깔리는 신호인 마이크가 지나가면 이를 끌어들이는 기회도 놓쳐서는 안 되지요. 기회는 여러 번 오는 게 아니더라구요." 나뭇가지가 아래로 내려와 있어 저절로 인사하고 지나가야 했다.

이번에는 위풍당당하게 풍성한 수염 모양의 잎사귀들을 넘실거리며 늠름하게 서 있는 수령 820년 된 나무를 만났다. "아까 누군가 말했듯이 자랑하는 게 부정적인 것만은 아니지. 어찌 보면 세상의 발전은 자랑의 토양에서 비롯되었다고도 할 수 있네. 자신이 열심히 노력한 결과를 혼자만 간직하고 있었다면 얼마나 삭막한 세상이 되었겠나. 표현하는 게 나름의 내공이어서 그걸 나누는 기쁨도 큰 것이네. 가끔은 더 큰 기쁨으로 전달되고. 이것으로 자신의 몸과 마음을 잘 다스리는 데 도움도 받는다네. 이건 본인의 자존감으로도 연결되지 않을까 생각하네."

　잎이 유난히 촘촘한 가지를 치마처럼 펼친 1406호 나무는 좀 특이했다. 바람이 살짝만 불어도 잎사귀 치마가 물결처럼 흔들렸다. "고무적인 사실은, 누구나 자랑할 거 하나쯤은 있다는 사실이에요. 자랑이란 게 말로만 가능하지 않으니 사람들이란 얼마나 선택받은 존재인가요. 저는 기껏해야 이 풍성한 치마를 자랑한답니다. 당신도 무엇으로 자랑을 할 것인가 이참에 궁리해보세요. 마이크 시험만 하고 있지 말고요. 자랑 길이 막히면 병이 들기도 한답니다. 표현하는 게 중요해요. 풀어내야 맺히지 않고, 맺히지 않아야 정신과 몸의 피가 순환되지 않을까요. 순환이 관건이에요. 여기에 걷기와 규칙적인 생활 습관을 더해보아요. 불면증도 차츰 좋아질 겁니다."

1406호 나무가 숨을 고르는 사이 바로 옆에 있던 135호 나무는 마침표를 찍겠다는 듯이 끝이 뭉툭한 가지 하나를 들고 말했다. 소문대로 그들은 서로 긴밀하게 소통하고 있었다. "아무리 점잖은 나무라도 조용히 자랑을 하지. 밑동이 거의 텅 빈 모습으로도 여전히 새로운 가지를 뻗고 있는 710호를 보게나. '이것 봐. 나 이렇게 오래 살았어도 새싹을 만들었지' 하고 말하는 듯하지 않나. 바쁘지 않거든 그 앞에 가서 경의를 표해주게. 사람도 손뼉 쳐주거나 '좋아요'를 눌러주면 힘이 나지 않던가. 나무도 마찬가지라네. 좀 이해가 가는가. 표정이 영 시원찮네. 한 번 더 방문하시게나. 그때는 자랑을 얼마나 효과적으로 할 수 있는지 들을 수 있을 걸세."

수령 513년 나무가 처진 나뭇가지로 내 어깨를 부드럽게 탁탁 쳐주는 것을 마지막으로 숲속을 한 바퀴 돌아 나왔다. 가을바람에 비자나무 가지가 흔들리며 뾰족한 잎사귀들이 솨아 머리를 쓸어주었다. 비자림 의원의 마무리, 따끔한 침 치료였다.

헌 옷 벗고 새 글 쓴다

사람들이 잘 믿지 않지만 나는 장난 좋아하고 털털한 성격이다. 어렸을 때는 사람들 앞에 나와 춤추기를 좋아했다. 사춘기를 지나면서 약간의 내숭이 섞인 소극적 성격으로 바뀐 듯하다. 중학교 1학년 때였다. 친구와 장난하다가 교복이 의자 뒤에 삐죽 튀어나온 못에 걸려 기역자로 찢어졌다. 서울에 사는 사촌 언니의 교복을 물려받은 것인데 좀 낡아서 쉽게 찢어질 운명이긴 했다. 나는 그다지 큰일이라고 생각하지 않고 엄마에게 재봉틀로 꿰매달라고 해서 한동안 잘입고 다녔다. 그해 가을날 운동장 조회를 하고 있는데, 내등 뒤에서 이런 말이 들렸다. "경숙아, 넌 참 소탈하구나." 국어 선생님이었다. 아, 그 말 한마디에 나의 부끄러움이 깨어났다. 정말 부끄러웠다. 이전엔 전혀 몰랐던 느낌이었다. 나는 집에 오자마자 당장 새 교복을 맞춰내라고 엉엉 울었다. 뭔가를 적극적으로 요구하게 된 최초의 사건이었다. 밤에 탐진강 다리를 건너 엄마와 새 교복을 맞추러 갔던 기억이 선명하다. 그러고 보면 인간이 부끄러움 때문에 옷을 입기 시작했다는 말이 맞는 것 같다.

꿰맨 옷을 아무렇지도 않게 입고 다닌다는 말이 비난으로 들리지는 않았지만, 칭찬으로 들린 것도 아니었다. 이 말을 해준 선생님은 당시 나에게 아무 글이나 써오라고 노트 한 권을 준 선생님이었다. 뭔가를 써서 갖다 냈는데 교무실을 나오면서도 왠지 뒷덜미가 간질거리는 느낌이었다. 열심히 쓰긴 했는데 빨간 글씨로 '더 솔직하게' 이런 지적이 적힌 날은 어디 쥐구멍이라도 있으면 기어 들어가고 싶은 심정이었다. 대부분 뭔지도 모르는 글을 써서 제출했던 것 같으니 말이다. 내게는 그 선생님이 지적한 대목이 나의 찢어진 교복과 같은 것이었다. 다른 사람은 괜찮았는데 그 선생님이 지적해줬다는 점이 부끄러웠다.

한동안 옷과 나는 각별한 사이였다. 우리는 눈빛만 마주쳐도 서로의 마음을 읽었다. 중요한 무언가가 늘 비어 있는 것 같은 나에게 옷은 허기를 채워주는 존재이자 또 다른 나의 얼굴이었다. 그것은 신비한 존재여서 혼자서는 별다른 힘을 쓸 수 없다가도 한 사람과 합체하는 순간 바로 어떤 기운을 가지는 것 같았다. 부끄러움을 가리면서도 그럴듯하게 만드는 데 옷만큼 효율적인 도구가 없었다. 특히 호주머니가 있는 옷이 좋았다. 공중에 떠 있는 손이 내 마음 같아서 어디에 둬야 좋을지 마땅치 않았기 때문이다.

누군가의 지적에 깨어나는 부끄러움이 또 한차례 왔다. 어느 날도 늘 하던 대로 옷을 입고 나서는데, "당신, 선이 무너졌네" 하고 남편이 말했다. 정직한 조언이었는지 모르지만 충격이었다. 무안해져서 "아니, 내가 항상 스무살인가" 하고 중얼거렸다. 그런데 나는 나의 측면이나 뒷면의 모습을 제대로 본 적이 없는지 모른다. 입던 대로 입지 말고 각이 잡힌 옷을 입는 게 좋겠다는 말에는 따로 덧붙일 말이 없었다.

어린아이들이나 청소년 또래의 아이들을 매일 대해야 하

는 생활을 오랫동안 하다 보니 그들과 어울리는 차림을 하는 게 일상이 되었다. 이왕이면 젊어 보이게 입는 것을 지향했다. 그것이 내 성향과 맞기도 해서 별 불편함이 없었다. 그런데 나이보다 젊어 보인다는 말이 언제부터인가 마음에 걸리기 시작했다. 그 말은 '너는 너를 감추고 있어'라는 뜻으로 들렸다. 내가 먹은 세월을 부끄러워할 때가 오리라는 생각은 미처 하지 못했다. 아무리 젊어 보이는 옷을 입어도 나는 젊은 사람이 아니었다. 자세히 보니 젊은 옷 속에 나이든 내가 들어 있었다. 나는 나인데 내가 알고 있는 내가 아니었다. 옷은 마치 빚쟁이처럼 '그 옷은 너의 옷이 아니야'라고 말하는 것 같았다.

몸의 선이 살아 있을 때는 다소 부족한 옷을 입어도 스타일이 살아난다. 몸의 선이 무너지면 아무리 그럴듯한 옷을 입어도 옷 태가 안 난다. 그동안은 갖고 있었던 선을 잘 이용하고 산 셈이다. 선이 무너졌다는 것은 무엇인가. 나를 지탱하던 중요한 뼈대의 흐름이 어디선가 끊겼거나 휘어져 변형되었다는 의미다. 내가 입었던 옷을 하나하나 벗어 던지고 새로운 뼈라도 만들어야 할까.

나의 옷들은 그 자체로 내 삶의 한 부분이었다. 내가 간 곳은 물론 나의 세세한 감정까지 자동으로 기록되어 있다. 이제 보니, 젊어 보인다고 모두 아름다운 것은 아니었다. 아름답다고 모두 행복한 것이 아니고, 행복해 보인다고 모두 진실한 것도 아니었다.

마음을 넣을 가상의 호주머니는 얼마든지 만들 수 있지 않을까. 펼쳐진 기억들과 경험의 점 하나하나를 바느질로 잘 이어 선이 되게 하면 나를 지탱할 새로운 옷의 뼈대를 만들 수도 있겠다.

누구에게 잘 보이고 싶은가. 이것이 포인트다. 옷의 얼굴은 대부분 밖으로 향해 있다. 많은 사람을 의식한 경우도 있었지만 한 사람을 의식한 옷도 있었다. 최초로 부끄러움을 알게 된 때도 한 사람을 의식했다고 할 수 있다. 이제 나는 다른 사람이 아닌 나 자신에게 잘 보일 옷으로 갈아입으려 한다. 그러기 위해 내가 사랑하고 즐겨 입었던 옷들을 벗어 보낸다. 아끼는 옷부터 벗는다. 속옷 속의 속옷까지 벗는다. 모든 인연은 만나는 순간만큼 헤어지는 순간도 중요하므로 함께했을 때의 각별함에 애틋함과 솔직함을 더한 이별 방식을 택한다.

처음엔 아무도 없는 곳에서 벗는다. 일기 같은 것이다. 부
끄럽지 않은 대신 기쁨도 약하다. 할머니가 가끔 말씀하시
던 '비단옷 입고 밤길 가는 꼴'이 된다. 용기를 내어 한 사람
앞에서 벗고 여러 사람 앞에서도 벗는다. 눈물 찔끔거리며
속에 있는 이야기까지 다 하는 것은 속옷 속의 속옷까지 벗
는 일이다. 분명히 마지막까지 벗은 것 같은데 또 한 겹 남
아 있다. 이것은 전략의 문제이기도 하다. 많이 벗는다고 더
아름다워 보이는 것이 아니기에 그렇다. 그것이 나에게는
나의 뼈대를 세우는 글쓰기다.

옷을 벗어 새로운 뼈를 만든다는 것은 말할 수 없었던 것
을 쓰는 것, 그 속의 보이지 않는 것까지 쓰는 것이다. 다 비
워내고 나면 내 삶이 다음 페이지로 넘어가고, 한때 무엇이
지나갔는지 비로소 나타나리라.

부끄러운 마음을 벗어나기 위해 쓰는데, 글을 쓰고 나면
또 부끄럽다. 생각할수록 부끄럽다. 완성하려고 그럴듯하
게 꾸민 것도 같다. 그 부끄러움을 지우려고 다른 부끄러움

을 덧씌운다. 실연을 이기려고 새로운 연애를 하듯이 말이다. 나의 목표는 나 자신에게 부끄럽지 않은 최소한의 옷만을 입는 것이다. 새로운 옷 입기다. 그 옷은 진정한 내 옷이 될 것이다.

헌 옷 벗고 새 글 쓴다. 글을 하나 완성해서 내보낼 때마다 아직도 뒷덜미가 간질간질하다.

잘 가

"인자 가믄 영영 갑니꺼." 이런 인사말을 듣고 발걸음이 멈칫했다. 운영하던 학원이 이사하게 되어 자주 보던 뻥튀기 할아버지에게 인사했더니 돌아온 대답이었다. 그때 할아버지는 나를 보지 않고 내 뒤의 먼 곳을 바라보는 것 같았다. 뭐지? 이 처연한 인사말은. 진한 이별을 경험해본 사람만이 할 수 있는 인사말 아닌가.

십 년 전쯤의 일이다. 동양란 화분 한 개가 언젠가부터 집에 있었다. 내가 산 기억이 없는 걸 보니 어디선가 받은 것 같았다. 우아하게 뻗은 잎사귀의 선들은 아름다웠지만, 집안 어디에도 마땅하다고 생각되는 자리가 없었다. 잎사귀

끝이 조금씩 갈색으로 변하는 게 보여 공동으로 쓰는 베란다에 내놓았다. 햇빛과 바람이 필요한 녀석에게 숨이라도 크게 쉬라고, 나 딴에는 배려한답시고 그렇게 했다. 내다 놓고 거의 잊어버렸다. 빨래를 널거나 걷으러 갈 때 보면 녀석은 그런대로 잘 있었다. 햇빛을 너무 많이 받거나 비를 너무 많이 맞는 게 아닐까 걱정도 되었다. 그래도 한동안 그냥 내버려두었다. 녀석은 잎사귀의 우아한 선을 유지한 채 흰 벽 앞에서 최소한의 품위를 그러모아 한숨 돌리고 있는 것 같았다.

그러던 어느 날 녀석은 꽃대 하나를 조심스럽게 올려놓았다. '어머나, 너 그럴 줄도 알았어?' 하는 기분으로 앉아서 바라보았다. 연두색이 얼비치는 꽃망울이 제법 보기 좋았다. 좀 있다가 꽃이 피었는데 누군가 춤을 추려고 고개를 약간 숙이고 숨을 고르는 것처럼 보였다. 방치된 에어컨 실외기 옆에서. 미안한 마음으로 향기를 맡았다. 그윽하고 품위 있는 향기였다. 그런데 옆집 이삿짐에 묻어 어느 날 오후 녀석이 떠나고 없었다. 허전했다. 이런 이별 방식은 마음에 작은 자국을 남긴다.

잊혔던 그 일이 되살아나는 계기가 있었다. 한 달 전쯤의 일이다. 이사한 집 옆에 마음에 드는 카페가 있어 자주 가곤 했다. 아주 큰 카페였다. 집 안에 멀쩡한 거실이 있고, 창밖으로 나무들과 달리는 차들이 보이는 책상이 있음에도 나는 그 공간을 자주 찾았다. 집 안의 공기와 사물들은 끊임없이 집에서의 내 의무를 상기시켜준다는 게 궁색하다면 궁색한 이유였다. 카페 이층의 노트북을 연결할 수 있는 구석진 책상에 앉으면 비로소 편하고 자유로운 기분이 들었다.

그날도 노트북이 든 가방을 들고 터덜터덜 갔는데 유리문에 뭔가 붙어 있었다. '영업 종료.' 밖에 심어놓은 수국꽃이 탐스럽게 피어 있는 오후였다. 이런, 이런. 한참을 그 자리에서 서성거렸다.

노랑나비 앉았던 자리에 아무리 봐도 노란빛이 없다. 누군가 이미 떠난 자리다. 잘 가라는 인사를 제대로 못하고 보낸 사람이 참 많다. 나를 떠난 많은 사람에게 그 인사를 못했다. 다음이라는 시간이 남아 있을 줄 알았다. 할머니는 물론 아버지도 그랬다. 내가 마지막 인사말을 하러 오는 도중에 돌아가신 아버지는 늘 마음에 걸린다. 당신도 그날이 그렇게 빨리 올 줄 모르고 바쁜 그 애를 뭐하러 불렀냐고 허리 꼿꼿이 펴며 말했다고 한다. 마스크 너머로 눈인사를 하곤 하던 그 카페 주인은 왜 마지막 인사를 생략했을까.

아무도 알려주지 않는다. 그 나라까지 몇 킬로 남았는지. 나는 나 자신에게도 미리 인사해둬야 하는 것이 아닐까. 나의 이야기도 내가 원하는 구간에서 끝나지 않을 것이다. 많은 연애 사건이 그렇듯이 모든 과정을 다 보여주게 될 가능성이 크다.

오늘의 나는 사실 어제의 내가 아니다. 어느 한 곳이 미세하게 무너진 나일 것이다. 나는 나조차도 알아보지 못하게 아주 조금씩 변하고 있다. 자연의 둥근 선을 보면 짐작할 수 있지 않은가. 곡선은 미세하게 휘어지므로 짧은 거리는 직선으로 보인다. 사람들이 낭떠러지를 느낄 수 없게 하려는, 저 높은 곳에 있는 분의 배려 깃든 설계일까.

어느 모임이 끝난 자리에서 누군가 말했다. "경숙아, 잘 가" 하고. 큰 목소리가 아니어서 잘못 들은 말 같기도 했다.

다른 사람도 있었는데 분명 내 이름을 불렀다. 꿈속에서 들은 적 있는 인사말 같기도 했다. 잘 가라는 말. 이 말 속에는 무엇이 들어 있을까. 어떻게 가는 것이 잘 가는 것일까. 그 인사말이 계속 나를 따라왔다. 아, 그래 저 인사를 잘 받아야 해. 나에게 하는 마지막 인사인지도 모르니. 가장 아름답고 정다운 인사인지도 모르니.

진짜 참기름

어릴 때 참기름을 무척 많이 먹었다. 몸이 어딘가 좀 이상하면 먹었다. 우리 집에서 참기름은 거의 만병통치약이었다. '잔밥을 멕인다'는 것은 열이 나거나 체기가 있을 때 할머니가 사용하던 치료 방법이다. 할머니의 치마에 쌀을 한 그릇쯤 부어 동그랗게 말아 쥔 다음 열이 나는 이마 위에 갖다 대는 행위인데, '하나쎄 둘쎄' 이렇게 세는 소리와 함께 차가운 쌀의 감촉이 규칙적으로 닿으면 최면에 걸리듯 잠에 빠져들곤 했다. 잠에서 깨어나면 그때도 역시 참기름을 듬뿍 먹었다.

마흔아홉 살 무렵 집 근처에 있던 성당 주일학교에서 아이들과 함께 그림 그리던 시절 이야기다. 늦더위가 거의 잦아들던 어느 날 아침 주일학교 교장 수녀님이 전화를 했다. 기 치료사와 예약이 되어 가는 길인데 한 사람 더 봐줄 수 있다고 하니 함께 가자는 거였다. 그 치료사는 아무나 봐주지 않는다고 했다. 성당에서 이십여 분 차를 타고 가니 농장 표지판이 나오고 산을 끼고 조립식 건물이 있었다. 벽마다 십자가와 성모상 그리고 무슨 자격증 같은 게 붙어 있었다. 열시쯤 되니 사람들이 어디선가 한둘씩 나타났다. 곧이어 육십대 초반으로 보이는 기 치료사가 왔다. 함께 간 수녀님이 먼저 커튼 뒤로 들어갔다. 수녀님이 금방 나오고 수녀님이 나를 가리키며 함께 가야 하니 빨리 봐달라고 부탁했다. 나도 얼결에 들어갔다.

누워서 받는 진찰이었다. 어디가 아프냐고 물었다. 기 치료 이야기를 듣고 소화가 잘 안 되니 한번 받아볼까 해서 가벼운 마음으로 왔다고 했다. 치료사는 여기저기를 눌러보았다. 위에 뭔가 단단한 게 만져지고, 장도 아주 나쁘다며 어떻게 이렇게 참았냐고 물었다. 위를 누를 때 참을 수 없는 통증이 있긴 했다. 시간이 생각보다 많이 걸렸다. 여기저기를 문지르기도 했다. 치료받은 곳에 1원짜리 동전들도 붙여주었다. 은 성분을 이용한다고 했다. 그는 나의 배 위에 동전을 붙이며 돌연 다정한 목소리로 "이러고 어찌 살았어. 내가 고쳐줄게"라고 말했다. 어느 틈에 반말로 바뀌어 있었다. 나중에 이야기를 듣고 남편은 한심하다는 듯 나를 보고 혀를 찼다. 물론 그곳을 다시 가지 않았다.

그냥 믿음 말고 굳은 믿음으로 돌팔이는 탄생한다. 자신도 모르는 길을 확신을 갖고 가는 사람들이다. 그들은 언제나 '아무나 봐주지 않는다'고 말한다. 이천시 마장면의 그 침쟁이 집도 언제나 붐볐다. 다리와 허리가 아픈 시어머니와 함께 갔다. 사람들이 어디 앉아서 기다리기도 마땅찮은 시골집이었다. 각자 알아서 툇마루에 엉거주춤 걸터앉아 있거나 서 있어야 했다. 침쟁이 노인은 이런 불편함을 너무 잘 알고 있지만 용하다고 소문 난 자신에게 시술을 받으려면 그만한 불편은 참아야 한다는 표정이었다. 긴 침통에서 침을 빼 들고 중국에서 배곯으며 침술을 배웠다는 이야기에서부터 자신의 소소한 철학(?)을 느리게 설파하곤 했다. 몸에 침이 꽂혀 있으니 잠자코 듣고 있을 수밖에 없었다. 갈 때마다 시어머니는 그곳의 지저분함과 침쟁이의 어쭙잖고 상스러운 말씨와 용모를 마음에 들어 하지 않아 하셨지만, 허리와 다리 통증이 그런대로 잡히곤 해서 꽤 자주 모시고 갔었다. 그러나 치료는 더 이상 진전이 없었다.

성인이 되어서도 이런 종류의 제3치료기관(?)을 별 거부감 없이 가게 된 것은 어렸을 때의 경험과 무관하지 않을 것이다. 거의 매일 우리 집으로 출근하던 할머니는 이름이 더듬이 할머니였다. 키가 크고 얼굴에 검버섯이 많이 피어 있었다. 배탈이 나거나 어디가 아픈 사람이 있으면 우선 더듬이 할머니가 배를 더듬듯이 만진 후 참기름이나 부추죽을 처방했다.

그중 압권은 자사리댁이라고 부르던 체쟁이 할머니였다. 장날이면 할머니가 교실 문을 열고 선생님의 양해를 구하며 나를 불러냈다. 특별한 체기가 없어도 정기검진을 하듯 그곳을 가야 했다. 장터 국밥집 옆방에는 순서를 기다리는 사람들이 죽 앉아 있었다. "아이고 그런 것이 들어 있으니 아팠제" 하는 할머니들의 탄식이 들렸다. 카리스마 넘치게 생긴 체쟁이 할머니는 배와 늑골쯤 되는 곳에서 뭔가 까슬한 것을 목으로 유도하여 끄집어내곤 했는데 내가 삼킨 기억이 없는 큰 가시나 유리 조각 같은 게 그녀의 검지에 딸려 나오곤 했다. 체쟁이 할머니의 갈고리 같은 손가락이 너무 무섭고 더럽다고 생각했지만 피할 방법이 없었다. 나의 할머니는 그 시술이 끝난 후에도 언제나 참기름을 듬뿍 마시게 했다. 양념이 아니라 그냥 마시듯 먹어야 하는 참기름이 끔찍했다. 그나저나 그 많던 유리 조각이나 큰 가시는 어디서 나왔을까.

요즘 참기름 사기가 신경 쓰인다. '진짜 참기름' '진짜 정말 참기름'이라고 쓰인 것도 보았다. 제대로 만든 참기름을 찾기 어렵다. 이사 간 동네에서 참기름이 떨어져 사러 가는데 어디서 제대로 된 참기름을 파는지 몰라 지나가는 나이 지긋한 아줌마에게 물었다. "뭘 고민해요. 그냥 마트에서 대기업 상표로 만든 거 사세요. 시장에 가봤자 어차피 식용유 섞어 팔아요" 하는 대답이었다. 참기름에까지 돌팔이가 스며든 지 오래되었나 보다.

나는 요즘 쑥뜸을 가끔 이용한다. 이 방법은 꽤 유용한 데가 있다. 병원에 가기 좀 어중간하고 가기도 싫을 때, 어딘가 애매하게 아플 때 작은 쑥뜸으로 말끔히 치료되는 경우가 꽤 있다. 내가 돌팔이 치료사가 된 기분이지만 나 자신만 치료하니 누가 뭐라 할 수 있을까.

물론 치료 후 참기름을 마시진 않는다. 요즈음 돌팔이 참기름이 많이 나돌아다닌다는 이유 같지 않은 이유를 대며.

'ㅁ'
—도착하지 않은 메시지

세월호가 진도 팽목항 바닷속에 가라앉고 하루가 지났다.
텔레비전에서는 배에 타고 있던 아이들에게서 온 마지막 메
시지를 취재하는 중이었다. 문자메시지가 뜬 각각의 핸드폰
이 클로즈업되는 사이로, 흰 머리의 수심 가득한 할머니의
핸드폰이 화면 앞으로 쑥 다가왔다.

'ㅁ'. 까만 액정에 박힌 글씨는 달랑 한 자 'ㅁ'이었다.
ㅁ으로 시작되는 말을 하려 했다는 것 외에 다른 힌트는 없
었다. 아이는 무슨 말을 하고 싶었을까. 할머니는 컴컴한 우
물 속 같은 ㅁ을 들여다보고 또 들여다보았을 것이다.

—**모**두들 아직 살 수 있을 거라 생각하고 있어요. 할머니

너무 걱정 마세요. 어려서부터 일 나가는 엄마 대신 할머니 손에서 많이 자라서인지 자꾸 할머니 얼굴이 먼저 생각나요. 엄마는 전화를 안 받네요. 하긴 이 시간에는 항상 그랬죠. 만약 제가 죽는다면, 그럴 리는 없겠지만 혹시 제가 오 분 후나 십 분 후에 죽는다면 어떤 말을 남겨야 할지 처음으로 생각하고 있어요. 그런데 사실 아무 생각도 안 나요. 물이 아까보다 많이 차오르고 있어서요.

—**무**리였나 봐요. 제가 수학여행 오는 게 아니었나 봐요. 할머니가 고추밭에서 일하고 버신 돈이잖아요? 혹시 모르니 미리 말할게요. 책상 서랍 안쪽에 엄마 주려고 카네이션 그려놓은 거 꼭 전해주세요. 한 달 후가 어버이날인데 미리 그려놨어요. 할머니 거랑 두 장 있어요. 그리고 학부모 모임 때 엄마 대신 할머니 왔다고 책들 마구 집어던진 일 잘못했어요. 할머니는 촌스러운 꽃무늬 블라우스에 슬리퍼를 신고 왔잖아요. 정말 창피해 죽는 줄 알았어요. 앞으로는 그러지 마세요. 제가 취직하면 젤 먼저 할머니 예쁘고 세련된 옷 사드릴 거예요. 틀니는 돈이 좀 모이면 해드리려고요. 아, 엄마는 전화 좀 받으면 안 되나……

—**먹**통이 되기 전에 문자 보내야 하는데. 무슨 말을 해야 하는지 아무 생각이 안 나요. 아이들이 마구 울고 있어요. 바닷물이 점점 많이 들어와요. 몇 분 전까지는 농담도 하고 그랬어요. 설마 이렇게 친구들이 많은데 모두 죽는 건 아니겠죠? 이럴 때는 어떻게 해야 하는지 아무에게도 물어볼 수 없어요. 엄마 전화는 아예 꺼져 있네요. 그래도 목소리 한번 듣고 싶었는데.

—**무**서워요, 할머니. 미안해요, 할머니. 미안해요. 미안해요. 엄마, 미안해요. 사랑해요. 아무래도 할머니와 엄마를 다시 못 볼 것 같아요. ㅁ

너는 돌 때 실을 잡았는데
명주실을 새로 사서 놓을 것을
쓰던 걸 놓아서 이리되었을까.
한 푼 벌어보겠다고 일하느라
마지막 전화 못 받아서 미안해
없는 집에 너같이 예쁜 애를 태어나게 해서 미안해
엄마가 지옥 갈게 딸은 천국에 가

─합동분향소에 적힌 편지 중

숨이 남아 있을 때 돌아오라

"어디까지 왔니" 하고 물으면 "당당 멀었다"라고 대답하던 어릴 적 놀이가 있었다. 오직 이끄는 이의 어깨나 등에 의지하여 한 걸음 한 걸음 걸어서 목적지에 도달해야 하는 놀이였다. 단지 눈을 감았을 뿐인데 숨까지 잘 쉬어지지 않았다. 그때 내가 따라가야 하는 사람은 내 생명의 끈을 쥐고 있는 사람처럼 큰 존재였다. 어디까지 왔다고 말하면 그대로 믿어야 했고 그다음 말이 나올 '찰나'의 순간을 숨죽여 기다려야 했다. 관계의 소중함을 처음 배운 놀이였다.

이제 막 고등학교에 입학한 어느 봄비 오는 날, 우산 없이 학교에 가는데 누군가 다가와 우산을 씌워주며 웃었다. 선한 눈매의 그 여학생은 그 후로 내 삶의 여러 길목에서 우산을 씌워주는 역할을 했다. 비슷한 사람들끼리 친구가 된다는 말이 있다. 그녀는 환하게 웃고 나는 어설프게 웃지만 웃음 바로 뒤에 금방 터질 것 같은 울음을 숨기고 있는 것이 같다고 생각했다. 그녀는 키우던 염소가 음식이 되어 나오던 날 울음을 터뜨렸던 기억이 선명하고, 나는 마당의 전나무가 전기톱으로 슥슥 잘려져 나간 날 울음을 삼키던 기억이 선명했다. 그녀는 아름다운 꽃이나 풍경을 함께 나누고 싶은 일순위가 나라고 말했다. 나는 김치가 절정의 맛에 이르거나 남북 정상회담이 열린다는 뉴스를 들으면 가장 먼저 친구를 생각할 것이다.

인생의 어느 구간, 친구와 나는 서로를 의지해 발걸음을 떼던 시기가 있었다. 친구가 하는 사소한 말도 엄청난 위력을 가졌다. 내 말 또한 그러했으리라. 아무리 힘든 일이나 슬픈 일도 그녀에게 말하고 나면 얼마간 해결된 느낌이 들었다. 친구가 다녀간 날, 퇴근해서 자취방에 들어서면 방은 말끔히 정돈되어 있고 벽에 걸려 있는 옷 호주머니에는 동생들 주라는 쪽지와 함께 용돈이 들어 있었다. 장녀인 내가 동생들의 용돈을 관리하던 시절이었다. 결혼할 때는 시집에 보낼 선물들을 그녀 혼자 준비했고, 사무실 보증금이 모자 랐을 때는 갚을 생각 마라며 어렵게 모은 돈을 부쳐주기도 했다. 그건 친구라는 역할을 넘어선 일들이었다. 내 삶의 갈 피마다 친구가 있었다. 한편 그녀 삶의 갈피마다 내가 있었 다고 말할 수는 없다. 힘든 일은 혼자 해치워버리는 그녀의 성격 탓이기도 하다고 혼자 변명한다.

그녀를 친구라고 할 수 있을까. 친구는 맞지만 그 이상의 호칭이 있다면 그렇게 부르고 싶다. 그녀는 동화 속의 금고 기 같은 해결사였다. 나는 친구가 언제 어디서나 당연히 내 편이어야 한다고 믿었다. 인디언의 말로 친구란 '내 슬픔을 등에 지고 가는 사람'이라지만 그녀는 항상 나의 짐을 너무 많이 진 자였다. 내게 무슨 일이 생기면 나는 끝없이 힘듦을 호소하였고 그때마다 친구는 해결하려고 소매를 걷어붙였 다. 내가 아무 말 없이 앉아 있어도 "너 뭔 걱정 있지?" 하 고 다그쳤다. 그러다 어느 순간 누군가 선을 넘는 말을 해야 했던 것 같다. 늘 받는 것에 더 익숙했던 관계에서 나온 미 세한 균열 같은 것이었을지도 모른다. 마침내 몇 년간 서로 연락도 뜸했다.

뭔가 이야기를 정리할 시점이라는 생각에 2017년 1월, 나는 미국의 친구 집에 갔다. 창문 바깥으로 키 큰 후추나무가 바람에 흔들리고 호수에는 물오리들이 둥근 선을 그으며 '어디까지 왔니' 놀이를 하며 떠다니는 곳이었다. 우리는 매일 어디론가 떠났다. 서부 해안선을 따라 도시 여기저기를 대개 그날 결정해서 갔다. 미술관을 가기도 하고 쇼핑몰을 가기도 하고 길 카페에 앉아 햄버거를 먹으며 어느 흑인의 소울 넘치는 노래를 한없이 듣고 있기도 했다. 우리는 즐겁게 하루하루를 보내고 있다고 자평하며 잠들고 깨어났다. 나는, 아니 우리는 이야기를 피하고 있었다. 돌아오기 이틀 전인가, 친구와 나는 카페에 앉아 있었다. 밖에는 빗방울이 떨어져 창문에 번지고 있었다. "그래. 이제 우리 이야기를 해볼까?" 그녀가 정색한 얼굴로 내 눈을 쳐다보았다.

나는 오랫동안 한 사람과의 관계를 힘들어하고 있었다. 친구도 나도 알고 있었다. 내가 무슨 이야기를 하고 싶어 하는지를. 나는 오랫동안 해온 똑같은 이야기를 할 수밖에 없었고, 친구는 똑같은 대답밖에 할 수 없다는 것을. 그녀가 말했다. "그럼에도 불구하고, 너는 그가 가진 모든 것들을 있는 그대로 인정하고 사랑해야 해. 그러면 그의 세포가 알아들을 거야. 다른 방법은 없어." 그리고 미진해하는 내 표정에 바로 '답답하다'는 핀잔이 돌아왔다. 그 얼굴은 냉정했다. 이제 친구가 더는 내 편이 아니라는 것을 확인할 뿐이었다. 그녀는 이 일에 관한 한 고집스럽게 자신이 옳다고 주장해왔다. 모든 것은 현재진행형인데 왜 나만 참고 변화해야 하느냐는 원론적인 질문이 아직 가슴속에 있었다. 난 그저 네가 인정해주고 알아주고 공감해주기만을 바란다고 내 속의 아이가 울먹거렸다.

'네가 옳다'는 말을 하기란 얼마나 어려운가. 수십 년이 흘러도 그 말은 목에 걸려 나오지 않는다. 그러나 '내가 옳다'고 말하기가 더 어렵다는 것을 최근에야 깨달았다. 네가 옳다고 인정하는 데에는 별다른 설명과 주석이 필요 없지만 내가 옳다고 말하기 위해서는 수많은 근거가 필요하다. 나를 세우기 위해 내가 옳은 것이 아니고 너를 세우기 위해 내가 옳다는 것을 증명해야 하기 때문이다. 시간이 흘렀을 때,

친구는 증명했고 나는 증명할 수 없었다. 오랫동안 이어져 온 나의 하소연이라는 것이 애당초 명쾌한 답이 나올 수 없는 것이었다. 민감하고 미묘한 문제로서, 누가 누구의 편이 되어줄 수 없는 일이었다. 나의 슬픔과 괴로움이 어디에서 왔건 내가 끊임없이 슬퍼하고 원망함으로써 상황을 더 악화시키는 데 일조할 뿐이었다.

그런데 나는 내가 원망하는 사람으로부터 거의 모든 것을 얻고 있었다. 직접 받은 기억이 없는 작은 선물도 그를 통해 왔다. 그가 준 삶의 여러 맛은 인생이 얼마나 다채롭고 눈부시게 아름다운지 펼쳐 보여주고 있었다. 설사 전혀 아름답지 않아도 그것은 나의 몫이었다. 삶의 중요한 구간에서 생명의 끈처럼 무심히 잡고 있었던 관계는 현재진행형이며 그래서 더욱 소중한 무엇이었다. 친구는 내가 경솔한 선택을 하지 않도록 '숨'을 붙들어준 것이었을까.

'숨이 남아 있을 때 돌아오라.' 이것은 제주 해녀들의 메시지다. 깊고 캄캄한 바닷속에서 해녀는 자신의 호흡이 얼마나 남아 있는지 그 한계를 잘 알지만, 숨이 겨우 남았을 때, 바위틈에서 유난히 크고 반짝이는 전복이 보인다는 것이다. 자신의 숨을 넘어서는 순간 바다는 무덤이 된다. 숨을 다스리는 일은 생존의 문제인데도 순간적으로 판단력을 잃고 전복에 다가가다가 돌아갈 숨을 놓치고 만다.

사람과 사람의 관계에서도 최후의 숨은 존재한다. 그것은 관계의 끈이며 생명의 끈이다. 그 순간은 노화처럼 천천히 다가오기도 하고 뾰루지처럼 불쑥 튀어나오기도 한다. 그 지점이 눈에 잘 띄지 않아서 자칫 놓쳐버리기 쉽다. 매 순간 깨어 있음이 요구된다. 소중한 인연들과의 숨이 이어지기를 바란다면 말이다.

친구와 만난 지 오십 년이 지났다. 삶은 신비한 것이니 순간과 세월의 파도를 넘어 우리가 마지막 가닿을 곳이 어디일지 알 수 없다.

"우리 어디까지 왔니." 친구가 대답한다. "어쩌면 시즌 3가 시작되었는지도."

풍경화 그리기

풍경화 하나 잘 그리고 싶었다. 나 자신이 풍경이 되어 풍경화 속에 녹아 들어가는 그런 그림을 그리고 싶었다. 너무 큰 꿈이었을까. 시작조차 하기 어려웠다. 그냥 남들이 그리는 풍경화만 보고 또 보았다. 제주도를 바람으로 읽은 사진작가 김영갑의 풍경 사진도 좋고, 같은 장소를 즐거운 생활로 해석해 그린 화가 이왈종의 풍경화도 부러웠지만, 내가 특별히 끌렸던 것은 사진과 설치를 결합한 김아타의 풍경화였다. 그는 빈 캔버스를 숲이나 강에 세워두고 사계의 흔적을 담아낸다고 했다.

그림이 무엇이냐는 김홍도의 질문에 신윤복은 '그리움'이라고 대답했다고 한다. 볼 수 없는 것을 보고자 하는 마음이 그림이고, 그것은 또 그리움으로 연결된다는 뜻으로 여겨진 다. 나에게 그림과 집은 그리움이라는 장소에서 만난다. 오 랫동안 무주택자였던 나에게 집이란 죽을 때까지 그림을 그 리며 살 수 있는 조촐한 장소였다. 두어 평이라도 마당이 있 는 집을 오랫동안 꿈꾸었다.

집을 만날 기회가 이런저런 이유로 미루어지다가 꿈이 이 루어지려는 순간이 기적처럼 찾아왔다. 집을 구하러 나섰 다. 집을 구하는 일은, 새 캔버스에 젯소를 발라놓고 풍경화 그릴 자리를 보러 가는 것과 같았다.

아파트가 아닌 주택은 성격이 분명한 개별 작품들이었다. 하나하나가 특별한 분위기를 주장하고 있었다. 소박하거나 쓸쓸하거나 어수선하거나 위압적이었다. 뜬금없이 화려하 기도 했다. 머리끝에서 발끝까지 잘 치장한 집이 있는가 하 면 잘 보이는 곳만 짙게 화장한 집도 있었다. 대개 약점과 매력을 동시에 가졌는데, 드러내는 기법을 쓰기도 하고 감 추는 기법을 쓰기도 했다. 집들은 얼핏 정물처럼 보였지만 미세하게 움직이고 있었다.

어떤 집은 햇볕이 잘 드는 소나무 숲속에 들어앉아 있었는데 그 아름다운 집은 내가 비집고 들어갈 틈을 허락하지 않았다. 부엌에서 마당으로 가려면 긴 거실을 가로질러 현관문을 열어야 했고, 텃밭으로 가려면 많은 계단을 내려가야 했다. 무엇보다 집을 드나들려면 경사 오십 도쯤의 가파른 언덕을 통과해야 한다는 점도 걸렸다. 그 집은 너무 높이 걸린 풍경화였다.

넓게 펼쳐진 들판의 집은 모던한 디자인과 넓은 작업 공간과 쾌적한 부엌과 알맞은 방향을 가지고 있었다. 그런데 옆집의 마당이 걸렸다. 안방이나 마당에서 많은 시간을 보낼 나의 시야로 보면 그 집 마당은 나의 바탕화면으로 맞춤했다. 그런데 옆집 마당에는 온갖 나무와 색색의 꽃과 수집한 돌들로 가득 차 있었다. 그들만의 캔버스에 그들만의 색깔과 모양을 들이붓듯 풀어놓고 문을 잠갔다. 집주인이 되면 누구나 붓을 휘두르고 싶어지는 것일까. 그 배경은 내가 정리할 수 있는 영역이 아니었다. 그 집은 이미 완성된 화려한 외딴섬의 풍경화였다. 집을 구하지 못하고 지쳐서 돌아왔다.

풍경화 그리기는 배경이 관건이다. 그래서 가장 멀리 있는 것부터 그려 나와야 한다. 하늘과 산과 작은 덤불을 지나고 나무숲을 지나야 조연급 나무 차례다. 그들을 차례차례 잘 마무리해야 비로소 진짜 주인공인 집을 앉힐 수 있다. 집은 홀로 있지 않고 그들과의 관계 속에 자리하고 있기 때문이다. 배경이 정리되지 않으면 아무리 덧칠해도 그림은 마무리되지 않는다. 주택을 짓는 사람들이 저지르는 치명적인 실수는 배경에 대한 배려 없이 바로 주인공에 집중한다는 것이다. 주인공인 집을 흠 잡을 수 없이 잘 지어도 주변과 어울리지 않으면 아름다워 보이지 않는다.

김아타는 풍경화를 그리는 새로운 방법을 제시하고 있다. 2010년부터 십 년간 지구상의 중요하다고 생각되는 100곳을 골라 자연의 풍상을 캔버스에 받아보는 작업을 시도했다. 자연을 아름답게 묘사하는 대신 흰 캔버스를 숲이나 사막, 바닷가에 세워둠으로써 자연이 그림을 완성하는 것이다. 햇빛과 비와 바람과 눈이 지나간 바탕색에 근처에 있는 자연물들이 활동하며 생긴 수많은 얼룩이 겹겹이 쌓이고,

공기와 바람과 모래와 물결이 캔버스를 어루만졌다. 이 모든 든 흔적이 추상화 그림이 된 것이다. 그 결과물은 '자연 하다'로 이름 지어져 전시되고 있다.

김아타식으로 보니, 나 자신이 자연 속의 입체 캔버스였다. 내가 굳이 그려 더하지 않아도 나의 풍경화는 이미 만들어지고 있었다. 나의 부모와 부모의 부모, 그들의 유전자를 배경으로 태어나 세상살이에 웃고 울며 주름지고 상처받은 흔적이 그대로 살아 움직이는 캔버스가 되었다. 내 깜냥대로 살아낸 그것이 내 몸에 퇴적된 한 풍경이 된 것이다.

사람들은 순간순간 자신의 풍경 속으로 스며 들어가 온몸으로 그림을 그리고 있다. 배경도 처음엔 주인공이었다. 세월이 흐르면서 중간 배경으로 물러났다가 자연스럽게 먼 배경으로 흐려졌을 것이다. 세상은 허공에 걸린 또 하나의 거대한 풍경화이다.

저기 십 년 된 그림이 통통 튀며 걸어온다. 칠십 년 된 그림도 휘적휘적 걸어온다. 그들도 한 점의 풍경화를 완성하기 위해 가는 중이다. 나도 언젠가는 저만큼 물러난 어떤 그림의 배경으로 남겨지리라. 세상에 없는 단 하나의 풍경화로.

6부

나 아직 여기 있어

뜨는 해 지는 해

황사 바람이 유리창에 바탕색을 칠하고 있던 어느 봄날이었다. 학원 문을 열자마자 아이를 데리고 진이 엄마가 들어섰다. 초등학교 2학년이 된 진이는 이 년째 내가 운영하는 미술학원에 나오고 있었다. 내게 부탁이 하나 있다고 했다. 진이 할아버지가 갑자기 건강이 몹시 나빠져서 중환자실에 있고 가끔 정신이 돌아오시는데 유일한 손자인 진이를 찾는 모습이 너무 애잔하여 뭐라도 위로가 될 방법을 찾게 되었단다. "진이가 그린 그림을 할아버지가 눈을 뜨면 볼 수 있는 자리에 놓아두면 좀 좋지 않을까요?" 말을 해놓고 보니 꼭 그려야 할 것 같은 맞춤 그림이었다.

한 아이에게 그림 한 장은 한세상이다. 어른들은 아이들이 그림 한 장쯤은 그냥 뚝딱 그려내는 줄 안다. '뭐 그렇게 어려운 일일까' 생각한다. 아이들은 그림을 그리다가 배에서 나오는 듯한 이상한 웃음소리를 내기도 하고 잘 안 되면 엎드려 슬피 울기도 한다. 아이들을 그림을 그리고 싶은 마음으로 데려가는 일은 쉽지 않다. 자신이 그렇게 하고 싶지 않으면 한 발짝도 움직이려 하지 않는다. 무엇을 그린다는 것은 처음으로 접하는 진지한 세계이므로 제 마음이 시키는 바로 그것을 그리고 싶어 하기 때문이다. 본보기 그림이라도 보여주면 간단히 끝난다는 것을 알지만 그렇게 한 적은 없다. 그림을 아무리 그럴듯하게 마무리해도 흉내에 그친 자신의 그림 앞에서 아이는 낭패감을 맛보고 만다. 그림 한 장으로 자신감과 자존감을 빼앗을 이유가 있는가.

게다가 진이는 거의 완벽주의자였다. 자기가 원하는 하나의 선을 위해 수십 개의 선을 그렸다가 지웠다. 마음에 드는 선을 그리고는 세상을 얻은 듯 기뻐했다. 무슨 일을 시작하기도 전에 너무 많은 말로 에너지를 소진해버리는가 하면 이것저것 빈틈없이 준비하느라 시간을 쓰는 성격이기도 하다.

더구나 초등학교 2학년 남자아이에게 '죽음을 앞에 둔 할아버지'를 떠올리게 하는 일도 쉽지 않았다. '죽음'이란 아이에게 현실적인 상황이 아닐뿐더러 누군가의 계획적인 의도가 전해지는 순간 아이의 창작 의지는 얼어붙어버린다.

창가의 편안한 자리에 마주 보고 앉았다. 어떤 아이에게는 배경음악이 도움이 되지만 진이처럼 조용한 상태를 원하는 아이도 있다. 아이가 좋아하는 단정하게 깎은 수채 색연필과 4절 캔트지를 준비했다, 친구와 이런저런 이야기를 하기 위해 앉은 자리처럼 편안한 분위기를 만들었다. 듣기에 진이 할아버지의 손자 사랑은 유별났다. 진이가 태어났을 때부터 지금까지 장난감이며 신발에 이르기까지 일일이 직접 고르고 진이가 원하는 곳이라면 어디든 함께 간다는 이야기를 들었다.

그렇다고 할아버지 이야기로 바로 직진하는 것은 좋은 방법이 아니다. 이곳에 오기 전에 기분은 어땠나. 할아버지와 무엇을 할 때 기분이 좋았나. 무엇을 할 때 기분이 별로였나. 할아버지와 가본 곳 중에서 다시 가보고 싶은 곳이 있을까. 이야기의 범위를 조금씩 넓혀가며 아이가 관심을 가질 주제를 살핀다.

삼십여 분이 지나 결정했다는 듯 진이는 색연필 하나를 골랐다. 슥삭슥삭 연필이 스케이트를 타듯 종이를 밀며 나아갔다. 이 지점에 오기까지 이런저런 이야기의 공을 주고받는다. 이 과정이 끝나기도 전에 "선생님, 그만 이야기하고 어서 그리라고 말해주세요" 하고 조급해지는 아이도 있다. 아이의 작업이 시작되면 중간에 갑자기 끼어들어 참견한다거나 완성도를 높이기 위해 특정한 방향을 강요하지 않도록 조심해야 한다.

진이는 둥근 해를 그렸다. 아래로 붉게 물들어가는 바다가 넓게 펼쳐져 있다. 멀리 수평선이 보이고 한쪽에 진이의 등에 팔을 두르고 해를 바라보고 서 있는 할아버지의 옆모습을 그렸다. 옆에는 텐트가 있고 개구리 같기도 하고 작은 공룡 새끼 같기도 한 것이 엎드려 있는 그림이었다. 아이가 내게 도움을 청한 것은 '어떤 색을 칠할까요?' 정도였지만, 결국 자신이 진하게 하고 싶은 곳은 진하게, 대충 칠하고 싶은 곳은 대충, 거칠게 칠하고 싶은 부분은 거칠게 하도록 내버려두었다. 진이는 빨간 해가 번지는 바다를 특히 공들여 색칠했다.

"여기서 할아버지와 라면을 끓여 먹었어요."

진이는 그 장면이 진짜라고 거듭 말했다.

"아, 해가 뜨는 걸 할아버지와 함께 보았구나."

내가 중얼거리자 진이가 화들짝 놀라며 소리쳤다.

"아니에요. 해가 지는 시간이었어요."

"아주 멋졌겠다."

"아뇨. 빨간색 바다가 좀 무서웠어요."

"그, 그랬니?"

할아버지는 그 그림을 뚫어질 듯 바라보며 눈을 깜박이다가 눈물을 흘렸다고 했다. 할아버지는 사랑하는 손자의 기억을 안고 떠났을까.

연습하듯이

무엇이 잘못되었을까. 김밥은 맛이 없었다. 다시마 넣은 밥을 고슬고슬하게 지어 소금 참기름 넣어 비볐고 우엉 시금치 당근 달걀 어묵 모든 게 다 여느 때와 같았는데, 평소의 그 맛이 아니었다. 들여다보니 단무지 하나가 빠져 있었다. 동생이 이사 가는 날, 아침 일찍부터 서둘러 바지런을 떨었다. 이삿짐 북새통 속에 아침 못 먹을 테니 내가 김밥 준비하겠다고 큰소리도 쳤었다. 뜻밖의 김밥 사고에 대해 동생은 느린 목소리로 정리했다. "너무 맛있게 하려 했나 보네."

생각해보니 그랬다. 잘하고 싶어서, 잘하고 싶은 곳에 너무 힘을 주다 보니 정작 핵심이 되는 걸 빠뜨리고 말았다.

힘을 빼고 할 수 있는 뭔가가 필요할 때, 일기장을 펼치는 습관이 있다. 일기장은 커버가 화려하거나 고급스러운 것은 고르지 않는다. 줄 없이 텅 비어 있고 소박한 것이 좋다. 그야말로 연습장 같은 것이다. 들쑥날쑥 써왔지만 오십 년쯤 되었으니 이미 유전자 속에 깊이 입력되었다. 기록을 남겨 누군가에게 보여줄 생각은 없으므로 주로 내 기분을 돌보려고 글을 쓴다. 편안한 마음으로 그때그때의 심정을 꺼내놓는다. 맞춰야 할 기준도 없으니 그냥 내 마음 가는 대로 쓴다. 아무 때나 쓴다. 기억해둘 중요한 사건은 메모하듯 짧게 쓴다.

가끔 내가 쓴 일기들을 읽어볼 때가 있다. 기쁨에 젖어 있을 때보다 슬픔에 사로잡혀 있을 때가 더 많다. 뭔가 해결하고 싶은데 방법을 모를 때, 누군가에게 하소연하거나 화를 내고 싶은데 그러지 못할 때, 내가 뭘 힘들어하는지 나도 잘 모르겠을 때 나는 일기를 밥 먹듯이 쓰고 있었다. 그러면서 다시 힘을 내고 있었다.

쓰고 나면 문제들이 얼마간 정리되는 느낌이 든다. 일기에 쏟아낸 다음에는 고민하던 일이 조금 말랑해진다. 일기를 다시 읽으며 나는 내게 말한다. 그 방법 말고 다른 방법으로 해보지 그랬니. 그런데 지금은 아니잖아. 그냥 그날도 지나갔네. 지나친 걱정이었잖아. 그러니 넌 지금이 좋은 것이네. 그 날것의 감정들을 일기라는 필터를 거치지 않고 바로 쏟아냈으면 어쩔 뻔했나 싶을 때도 있다. 쥐어짜도 나오지 않던 삶의 성찰이 무심히 쓴 낱말 뒤에 딸려 나오기도 한다.

우리에겐 무라카미 하루키의 에세이 삽화로 친숙한 일본의 일러스트레이터 안자이 미즈마루는 자신의 책 『안자이 미즈마루』에서 이렇게 말한다. "저는 뭔가를 깊이 생각해서 쓰고 그리고 하는 일을 좋아하지 않아요. 이렇게 말하면 대충 한다고 바로 부정적으로 보는 사람이 많지만, 대충 하는 게 더 나은 사람도 있답니다. 저는 그런 사람 중 한 명이지 않으려요. (……) 저는 반쯤 놀이 기분으로 그린 그림이 마음에 들어요." 반쯤 놀이 기분으로 한다는 그의 말에 고개가 끄덕여졌다.

'쉽고 재미있게.' 오랫동안 미술학원을 운영하며 아이들 그림 교육의 목표로 삼게 된 내 나름의 표어다. 좋은 그림이 나오게 하려면 아이들도 힘을 빼고 그려야 한다는 것을 알게 된 후로 그렇게 해왔다. '즐거웠던 일' 같은 막연한 화제는 아이들을 더욱 움츠러들게 할 뿐이다. 범위를 좁혀 '오늘 점심시간', '오는 길에 본 것' 같은 화제를 주면 훨씬 생생하고 재미있는 그림이 나온다. '지금 기분' 같은 화제 앞에서는 거의 무장을 풀었다. 형태가 없는 추상화는 아이들이 전문이다. 연습처럼 놀이처럼 힘 빼고 하다 보면 안자이 미즈마루가 말한 '마음을 다해 대충 그린 그림'이 나온다. 나는 그들이 떨어뜨리거나 흘린 이삭을 줍기만 하면 되었다. '그랬구나. 이런 기분이었구나.' 그걸 인정해주는 것만으로도 그들은 환호했다.

"연습장 하나 주세요." 그림을 다 그린 후에도 아이들은 그 여운을 더 즐기고 싶어 한다. 누가 정해준 화제를 따르는 게 아니라 자기 마음대로 그리고 싶은 것을 그리는 것. 그러니까 아이들이 쓰는 자유 일기인 셈이다. 그곳에서 아이들의 깊은 속마음이 오롯이 빠져나왔다. 엄마에게 못했던 말들, 친구에게도 못했던 말들도 뽑혀 나왔다. 비밀로 하고 싶어서가 아니라 자기 마음이 어떤지 자신도 몰라 표현할 수 없었던 이야기들이 거기 있었다. 서투른 글도 덧붙였다. 당연히 미술 시간보다 더 재미있고 독특한 그림이 나왔다. 다그리고 나서 내게 그림을 선물로 주는 아이도 있다. 아이는 만족한 얼굴로 집으로 향한다. 그것으로 충분하다는 듯이.

힘을 빼고 반쯤 놀이 기분으로 한다는 말은 본격적인 힘겨루기 구간에 진입하기 전, 자신의 마음에 촉촉한 물기를 뿌려주는 일이다. 그래야 재미가 고이고 재미는 능률을 올려준다. 자신에게 침 한번 삼킬 여유를 주는 일이다. 이 글도 그렇게 써본다. 어디까지나 연습하듯이.

별자리로 열 수 있을까

그날 미술학원의 분위기는 이상했다. 여섯 살 남자아이가 제 얼굴에 빨간 마커로 마구 낙서를 한 채 씩씩거리며 앉아 있었다. 수돗가에서 팔레트를 닦고 있는 강사의 등에서는 다 풀어내지 못한 화가 무럭무럭 솟아 나오는 것 같았다. 맞은편에 있던 아이가 일렀다. "쟤가요, 선생님 말을 안 듣고 지 맘대로 그렸어요."

그날 수업이 거의 끝나갈 무렵 한 아이 엄마의 전화를 받았다. 계단을 내려오다 넘어져서 그러니 아이를 좀 데려다 달라는 부탁이었다. 두 아이가 남아 있는 교실 상황이 걸렸으나 강사가 있으니 괜찮을 거라 생각하고 아이를 데려다주고 돌아왔다.

제 얼굴에 낙서한 남자아이는 눈만 데굴데굴 굴리며 아무 말도 하지 않았다. 동생이 태어나면서 퇴행이 나타나고 분노 조절이 안 되는 아이였다. 선생님으로부터의 관심 끌기에 실패한 아이가 자신의 얼굴에 낙서 자해(?)를 한 상황이었다. 얼굴의 낙서를 닦아주고 아이를 한쪽으로 데려갔다. 처음인 듯 수업을 다시 시작했다. 오로지 아이의 다친 마음을 만져주는 수업이었다. 이런 경우, 아이는 아이대로 상황을 풀고자 하는 마음이 강하므로 매우 협조적이다. 마커로 종이 위에 그림을 그리게 했는데, 아이는 날카로운 선들이 부드러워질 때까지 하나하나 분노의 감정을 쏟아냈다. 그림이란 이런 경우 참 신비롭다. 가상의 세계에서 만난 자신을 자신이 달래주고 있었다. 아이는 그날 안정을 찾았다. 나의 역할은 거기까지였다.

함께 일할 좋은 사람을 만나고 싶었다. 삼십여 평의 공간에서, 그림 그리기를 미술치료와 접목하고 있는 나의 일터에서 여섯 시간 이상 단둘이 아이들을 함께 지도해야 하는 일은 쉬운 게 아니다.

처음엔 실기가 우수한 강사 위주로 뽑았다. 한번 뽑은 사람과는 이 년 정도 함께 일했다. 이력서에 나오는 정보나 시범 수업만으로는 그 사람이 이 일에 적합한지 알 수 없었다. 지성과 교양으로 포장되어 있지만, 자신도 모르게 강한 공격성이 나오는 성격만은 피하고 싶었다. 그즈음 장애를 가졌거나 너무 어린 아이들의 기본 성향을 아는 데 참고하기 위해 별자리 공부를 하고 있었는데, 이게 엉뚱하게도 강사를 채용하는 데 요긴하게 쓰였다. 신기했던 것은 내면의 특성이 평소에는 보이지 않다가 특별한 상황이라고 감지되는 순간에 활짝 드러난다는 점이었다. 양력 생일로 알 수 있는 별자리는 그 사람의 마음 바닥에 어떤 성향이 있는지 꽤 유용한 정보를 제공하고 있었다.

처음에 내가 뽑은 강사는 물병자리였다. 실기력과 창의력이 출중했다. 아이들에 대한 공감 능력도 좋았다. 그녀는 출근길에 떨어진 나뭇잎을 주워 온다거나 아파트에 버려진 큰 박스 같은 것을 응용하여 미술 활동을 하기도 했다. 아이들의 그림에 그때그때 적당한 조언을 해서 아이들의 환호를 샀다. 가끔 감정의 기복이 심하여 기분이 널뛰기를 하는 일이 있긴 했지만 선한 심성을 가진 그녀와 함께한 삼 년은 가히 미술학원의 전성시대였다.

양자리의 또 다른 강사는 밝고 상큼한 외모에 언제나 만면에 웃음기를 머금고 아이들을 대했다. 밝고 긍정적인 에너지로 교실을 채웠다. 유치원 아이부터 취미반 아줌마들까지 커버가 가능한 울트라 슈퍼우먼이었다. 결혼으로 학원을 떠날 때까지 나와 최상의 호흡을 맞췄다.

사자자리의 강사가 들어왔다. 가르치는 일은 늘 꿈꾸던 일이라 적성에 맞을 거라며 아이들의 마음을 읽고 아이들과 함께 즐겁게 그림을 그리고 싶다고 했다. 그녀의 별자리 특징은 '당당하고 적극적인 반면, 명령이나 지휘받는 걸 싫어한다'였다. 내가 명령할 일은 없을 것이고 활기찬 분위기로 능동적인 수업 분위기를 펼칠 테니 좋을 것 같았다. 책임감을 중요시하는 일 처리는 인상적이었다.

그녀가 아이들과 부딪치는 일은 매번 비슷한 방식으로 일어났다. 안타까운 것은 그녀의 경우 아이들의 실기에 대한 조언은 가능했지만, 태도에 대한 조언은 할 수 없다는 점이었다. 태도란 마음에서 우러나오는 섬세한 어떤 것인데 아이들은 본능적으로 그 결을 알아챘다. 전하려 하는 내용보다 앞서 나타나는 것은 어조, 즉 말의 태도이다. 이 태도가 알맞지 않으면 제대로 스며들기 전에 튕겨 나가버린다. 어른이 생각하는 바른 태도와 아이가 원하는 태도가 상충하고 있었다. 이런 경우 무조건 아이에게 맞춘다고 되는 게 아니다. 아이의 생각을 찬찬히 들어주고 인정해주고 이해시키는 단계가 필요하다. 그리고 그것은 모두 '너의 편에서 이야기를 제대로 들어주려는 태도'에서 시작된다. 아이들에게 '좋은 선생님'이란 다가가는 태도가 좋은 사람을 말한다. 사실 이 같은 태도에 따라 사람 사이의 모든 관계가 결정 난다 해도 지나치지 않다.

그런데 '자신의 백성이 뭘 원하는지 전혀 관심이 없는, 너그러운 독재자'는 나의 별자리 특징이라고 한다. 나름 선한 뜻을 가지고 열심히 하고 있으나 타인의 의견이나 감정을 잘 배려한다고 할 수 없는 별자리다. 나야말로 철저히 '나 중심'이었다. 내가 더 경험이 많고 올바르니 나를 따르는 것이 옳다는 생각이 꽉 차 있어 은연중 그런 태도가 지배적이었을 것이다. 지금 와서 생각해보니, 강사들 또한 위로받고 격려받아야 할 이들이었다. 그녀들도 하고 싶은 이야기가 많았을 것 같다. 제각기 다른 성향의 아이들 마음을 열고 하고 싶은 말을 풀어내게 한다는 건 젊은 그녀들에게 엄청난 수위의 감정노동이었으리라. 그 좁은 공간에서 나와 짧게는 육 개월에서 길게는 삼 년까지 맞춰가는 일이 쉽지 않았을 것이다.

그래서 별자리 정보가 많은 도움이 되었냐고? 별로 도움이 되지 않았다. 별자리의 기본 성향은 알 수 있었으나 그것도 상대와 상황에 따라 얼마든지 바뀐다는 것을 알았을 뿐이다.

당신의 동그라미

"나는 오늘 네 말을 듣지 않을 거야."

나를 만나자마자 이렇게 대화를 시작하는 아이가 있다. 병원에서 '소아 자폐' 진단을 받았다는 여덟 살 용민이다. 너의 기분 따위는 알 바 없고 오늘 나의 기분은 선생님한테도 존칭을 쓰기 싫을 정도로 충분히 나쁘지만, 그럼에도 무언가 이야기를 나누고 싶다는 의도가 숨어 있다. 아이는 금방이라도 눈물이 쏟아질 것 같은 눈을 어디 둘지 모르고 있다. 오늘은 또 무슨 일이 있었을까.

올해 초등학교 1학년이 된 용민이는 대학병원에서 치료를 받으며 일주일에 두 번, 내가 운영하는 미술학원에서 미술 치료를 겸한 미술놀이를 한다. 용민은 누군가를 자주 '때려주고 싶은 것'도 문제였다.

  아이를 앉히고 이리저리 살펴보니 귀 옆에 작은 반창고가
하나 붙어 있고 볼에 눈물 자국이 어룽져 있다. 자주 있는 일
이다. 용민은 기분이 나쁘다고 한다. '많이는 아니고 조금 나
쁘다'고. 누군가 할퀸 상처가 나 있는 얼굴을 내 쪽으로 보
이며 "현우가 그랬어요" 한다. "너는 어떻게 했니?" "때려주
었어요." "현우도 아팠겠구나." "현우는 울었어요." 제법 이
야기의 공이 왔다 갔다 한다. 종이와 마커를 줬더니 가장 기
본적인 뼈대로 졸라맨 같은 현우를 그리고 분노의 빨간 손이
그 아이를 때리는 장면을 그린다. "현우 기분은 어땠을까?"
용민은 대답 없이 빨간 손을 더 빨갛게 색칠한다. 한참 후,
현우와 친하고 싶어 살짝 때렸는데 현우가 그만 더 세게 때
렸다고 울먹인다. 용민은 그림을 다 그리고 나서 기분이 풀렸
는지 그림 속의 친구를 보호하는 동그란 테두리를 그렸다.
  보호하고 싶은 사람에게 동그라미를 그려주는 행위는 놀
랍다. 그를 온전히 품을 능력이 없으니 보호를 상징하는 동
그라미를 그려주는 것. 아무도 침범할 수 없는 안전하고 따
뜻한 곳에 그를 놓고 싶다는 의미이다. 함께 있어준 시간만

큼 동그라미는 완전하다. 보호하고 싶지 않은 사람에게는 동그란 테두리를 그려주지 않는다.

얼마 전 「이상한 변호사 우영우」라는 드라마가 인기였다. 그러나 지능이 낮은데도 특정 분야에 천재적인 능력을 보이는 서번트 증후군은 현실에서 극히 드물다. 천 명 중 한 명이 있을까 말까 하다는 것이다. 한 사람의 진정한 역량이란 단순히 시각적 암기와 기억력만을 요구하지 않기 때문이다.
문제가 있는 아이들의 말이나 행동을 관찰하여 족집게 처방을 내놓는 것으로 많은 공감을 받는 상담 프로그램도 있다. 그 프로그램을 보고 있으면 저절로 감탄이 나온다. 역시 전문가 다운 솜씨이다.

거기에 비하면 내가 사용하는 방법은 다소 소극적이다. 아이의 기분을 그림으로 펼쳐놓게 한 다음 그리거나 만드는 것으로 스스로의 감정을 풀거나 정리하도록 유도하는 방식이다. 그림을 그린다는 행위로 아이는 그것을 했다고 느낀다. 이때 아이가 그림으로 무슨 말을 하고 싶어 하는지 정확하게 읽어주는 기술적인 부분도 중요하지만, 상담자가 어떤 태도와 반응을 보이느냐가 더 중요하다. 공감해주고 인정해주고 방법을 함께 궁리해주는 과정을 반드시 거쳐야 한다. 뽀족하게 튀어나온 감정의 길목마다 지켜보고 출구를 찾아 함께 가는 여정이다. 특히 지적보다 격려가 더 효과적이다. 이때 나는 '함께한다'는 것에 방점을 찍는다. 거의 연애할 때의 집중력에 버금간다. '지금, 이 순간 너와 함께' 외에는 다른 것이 끼어들 수 없다는 것을 아이가 느껴야 하기 때문이다. '저절로'가 아닌 '노력으로'가 중요하다. 이날은 아이에게 동그라미를 선물로 받는다.

재미는 이곳에서도 단연 우선순위이다. 즐겁지 않으면 치료자와 에너지를 주고받는 시스템이 작동하지 않는다. 아이의 그날 상황에 대한 이야기 나누기, 알맞은 준비물 제공하기, 적당한 반응 등이 있어야 한다. "연기할 때 떠오르는 즐거움, 발끝의 느낌을 잊지 못해 다시 얼음 위로 돌아왔어요"라고 피겨의 여왕 김연아는 말한다. 모든 성과는 기쁨의 시간이 모인 값이라는 의미에서는 김연아나 자폐아나 다를 수 없다.

동그라미를 향해 날아갈 때 아이의 눈은 빛난다. 찰흙으로 집을 짓고 침대를 만들며 식탁을 만든다. 자신을 지키는 병사도 만든다. 열심히 열심히 만든다. 색종이를 덧대어 붙여 사람들과 소통하고 싶다는 무언의 표현인 창문도 만든다. 마무리하는 작업을 혼자 힘으로 하고 싶어 한다. 이 작업을 하는 동안 아주 즐겁게 몰입한다. "나는 이걸 집에 가지고 갈 거야." 용민은 빼앗길까 봐 걱정되는 소중한 무엇이라도 되는 듯 작업물을 안고 말한다. 이 말은 진한 성취감을 느꼈다는 뜻이다.

이 과정의 결과는 매번 극적으로 좋아지지는 않는다. 좋아지는 듯하다가 다시 원위치로 돌아오는 일이 잦다. 깍듯이 존댓말을 쓰다가도 마음에 들지 않으면 바로 '니 말 듣기 싫어'가 나온다. 그러나 모든 치료는 일관성 있게 얼마나 꾸준히 계속하느냐에 따라 성과가 갈린다. 작은 갈등이라도 그때그때 풀어내는 방법을 제시하거나 함께 궁리해주면 가랑비에 옷 젖듯 아이의 일상으로 스며들어 조금씩 좋아지는 것이다. 누구나 감정을 풀 창구 하나는 필요하지 않던가. 그것을 그리기나 만들기로 풀도록 하는 것이다. 순간순간의 작은 기쁨과 성취감이 모여 인생이 되기도 하기 때문이다. 용민은 그 뒤로도 누군가를 자주 때리고 싶어 했지만, 점점 그림 속에서 때리는 데 그쳤다.

둥근 달이 떴다. 흠잡을 데 없는 완벽한 동그라미를 보면 저절로 가슴에 손이 모인다. 달은 너무나 멀기에 사람들은 감당할 수 있는 거리에 동그라미를 그린다. 동그라미는 내가 다가가고 싶은 당신이라는 표지이다. 살아 있는 사람이면 누구나 가지고 있는 간절한 열망이 시위를 떠나 표적을 향해 날아간다.

동그라미 안에 무엇을 넣는가에 따라 인생이 바뀐다. 사람들은 그것을 꿈이라고 부른다. 시간과 거리가 뭐 그리 중요한가. 열망이 깊다면 언젠가는 닿을 수 있으리라.

자폐라는 길고 먼 길을 아들과 함께 걸으며, 용민의 엄마는 아이가 그려서 풀어낸 그림들을 지금도 사진으로 보내준다. 구 년이 지난 지금 용민의 꿈은 맛있는 빵을 만드는 사람이라고 한다. 제 속도로 잘 가고 있다. 그들 모자에게 응원의 박수를 보낸다. 작은 동그라미가 언젠가 보름달처럼 부풀어 오르기를.

봉오리의 시간

　화초들의 생로병사를 보여주는 장소가 있다. 육십대로 보이는 아주머니가 운영하는 카페인데 화초에 대한 설명 없이도 가만히 들여다보는 재미가 있는 곳이다. 그곳의 식물은 모두 이유가 있어서 거기에 있다. 기댈 만한 벽이 필요하거나 반그늘의 공간이 요구되는 시점이거나 물이 올라 마음껏 뿜낼 시간이 되었거나 하는 각자의 형편에 맞게 배치되어 있다. 오늘의 보호관찰 식물은 스투키다. 햇볕이 잘 드는 창가에는 뾰족뾰족한 스투키 화분이 자리 잡고 있다. 뒤통수가 납작하게 눌려 있어 균형을 잡아줄 빛이 필요했나 보다. 전지적 화초 시점일까.

나는 여간해서 화초를 사지 않는다. 어쩌다 생기면 키운다. 내게 온 것들은 나름 공들여 키우는 편이다. 쌀뜨물도 주고 햇빛과 바람을 신경 쓰며 키운다. 화초를 선뜻 사지 않는 이유는 있다. 그림 한 장을 걸더라도 주변을 정리하고 빈 곳을 마련해야 하는데, 살아 있는 식물도 각자 고유한 자태와 품격이 있어 그것과 맞는 마땅한 자리가 필요하다는 생각 때문이다. 그런데 내 집은 오랫동안 식물이 우아하게 차지하고 어우러질 자리가 없었다. 주인의 마음이 준비되지 않아서 그랬을까.

그런데 식물이 인연처럼 저절로 찾아올 때가 있다. 유일하게 키우던 비파나무 화분 위에 지난봄 어떤 싹이 하나 돋았다. 유리문과 방충망 안에만 놓여 있던 화분이었는데 어디서 날아들었을까. 자연 발아 식물인가. 신기했다, 요철이 있던 싹은 자라면서 국화 잎의 모양을 드러냈다. 다른 화분에 옮겨주었다. 키만 멀쑥하게 클 뿐, 가을이 다 지나도록 꽃이 필 조짐이 없었다. 그래도 쑥쑥 자라는 모습과 싱싱한 이파리를 보여주는 것만으로도 대견했다. 그 한 포기는 가지를 이리저리 늘리기도 하고 줄기의 둘레를 탄탄하게 넓혀가기도 했다. 한겨울 밖에는 차고 매운바람이 불고 있는데 둥근 봉오리가 설핏 보이더니 얼마 후 화사한 연보랏빛 꽃이 피었다. 늦게 피는 꽃도 있구나. 나는 그 귀한 꽃을 자주 들여다보았다. 꽃들은 올해 초봄까지 폭죽처럼 팡팡 터졌다.

인위적 기술이 필요한 꽃피우기도 있다. 난꽃은 추운 곳에 내버려두고 죽지 않을 만큼만 물을 줘야 꽃을 볼 수 있다고 한다. 애정이 있다고 너무 물을 자주 주면 썩거나 잎사귀만 번식한다. 위기를 느끼지 않는 난은 종족 보존을 위해 무언가 남기려는 걱정을 않는다고. 이러다가 죽겠구나 하는 생각에 마지막 힘을 짜내어 최후의 수단으로 꽃눈을 틔운다는 것이다. 꽃은 새 촉에서만 핀다. 새롭게 먹는 굳은 결심처럼. 이때 화초는 꽃으로 진한 향기의 유언을 쓰는 것일까. 절망감에서 나온 결기를 보며 우리가 참 곱다, 예쁘다고 감탄하는 것인지 모른다.

얼마 전, 물어물어 나를 찾는다는 중학교 때의 친구를 만났다. "난 네가 지금쯤 신경숙 같은 소설가가 되었겠다고 생각했어." 백일장에서 상을 타던 장면 몇 개가 그 친구의 뇌

리에 박혀 있었나 보다. 소설가 근처에도 못 가본 나는 미안
했다. 그 친구가 해 질 무렵 버스에서 내려 부산면 어디에
있는 조촐하게 아늑하던 자신의 집에 데려갔던 일이 떠올랐
다. 친구의 어머니는 가마솥에 불을 지펴 따뜻한 새 밥으로
밥상을 차렸었다. 그 밥이 참 달았다. 딸이 소개한 미래의
소설가에게 친구의 어머니가 물을 주는 장면이었을까.

　하지만 모든 봉오리가 꽃이 되는 건 아니다. 속으로만 생
각하고 있는 것, 아직 밖으로 나오지 못한 생각이나 말도 봉
오리들이다. 사실은 이런 봉오리들이 우리 가슴속에 더 많
다. 그것들의 자리는 다람쥐가 숨겨놓은 도토리들처럼 너무
은밀하기도 해서 여기저기 숨겼는데 찾을 수 없다.
　봉오리가 맺혔지만, 꽃잎이 열려야 꽃이 핀다. 꽃잎, 꽃받
침, 꽃술까지 갖추었으나 지레 시들어버리는 봉오리도 있
다. 꽃이 핀다는 것은 사실 기적이라고, 마지막 관문을 통과
하지 못하는 꽃이 더 많다고, 친구에게 말하지 못했다.

　여간해서 피지 않는다는 행운목이 꽃 필 때의 이야기가
잊히지 않는다. 운영하던 미술학원에서 실기과정을 마친

후, 원하던 대학의 대학생이 된 남학생이 있었다. 그 어머니가 어느 날 집에 들어서자 어디선가 진한 향기가 났다. 둘러보니 행운목이 엄청난 기세로 꽃망울을 터뜨리고 있었다. "뭔가 큰 행운이 오려나 봐요." 그 엄마는 기대에 찬 얼굴로 말했었다. 그해가 다 가도록 그 학생은 학원에 오지 않았다. 일주일에 한두 번은 밝게 웃으며 들르던 아이였다. 알아보니 그는 중환자실에 있다고 했다. 가족끼리 간 캠핑장에서 뭔가에 물렸는데 집으로 돌아와 고열에 시달리다가 의식이 없는 상태에 이른 것이라 했다. 그렇게 건강하던 젊은이의 일이 믿어지지 않았다. 그는 얼마 후 세상을 떠났다. 그럴 거면 그 행운목은 그때 왜 피었을까.

필 상황이 되면 꽃은 핀다. 자주 필 수도 있고 아예 피지 않을 수도 있다. 사람의 일도 그렇지 않을까. 꽃이 핀다고 다 좋은 건 아니다. 모든 꽃이 행운을 가져오는 것도 아닐 것이다. 꽃이 활짝 피었지만, 그냥 별일 없이 지나가는 게 대부분이다. 우리의 젊음이 그랬듯이. 우리의 성공이, 좋은 꿈이 그랬듯이. 어쩌면 이 '별일 없이 순하게 지나가는 것'이 행운인지 모른다.

본인이 매일 유언을 쓰듯 살았다면, 봉오리까지의 과정이 꽃보다 아름다울 수 있지 않을까, 하고 스스로 위로하는 저녁이다.

나 아직 여기 있어

엄마는 세시 반 차에 나를 태워 도시로 보냈습니다. 열여섯 살 나의 의지와는 상관이 없었던 것 같습니다. 여고를 가기 위해 장흥에서 광주로 가는 급행버스였는데 서너 시간쯤 걸렸습니다. 오후 세시 반 차를 타면 목적지에 다 온 거나 다름없었지요. 생각해보니 그 버스는 내 삶의 출발지였습니다.

엄마에게 나의 첫 중간고사 성적표는 적잖이 실망스러웠을 것입니다. 잘해야 하는 수학이나 과학 성적 대신 국어 영어 미술 무용, 이런 것들만 상위권이었으니까요. 방학이 되어 내려갔을 때 엄마는 성적에 관해 아무 말이 없었습니다.

일찍 일어나거라. 가치 있는 목표를 잡고 꾸준히 노력하거라. 포기하지 마라. 말 대신 엄마는 모든 걸 행동으로 보여주었습니다. 엄마는 컴컴한 새벽에 일어나 우물물을 길어 올리는 일로 하루를 시작하였는데 자식들은 약간의 죄책감을 느끼며 쏴아— 하며 큰 독으로 들어가는 물소리를 따뜻한 이불 속에서 듣고 있었습니다.

엄마는 무조건 따뜻하고 용서하고 품어주는 그런 사람은 아니었습니다. 사랑하고 인정하고 격려해주었지만, 점수는 매겼습니다. 아버지는 단호한 목소리로 단숨에 엄마를 제압하였고 할머니는 호랑이 눈빛으로 자신을 따르도록 했습니다. 엄마는 별 대꾸 없이 웃음 띤 얼굴로 마치 그 상황을 모두 받아들이는 것 같았으나 큰일을 결정할 때의 행동은 가차 없었습니다. 심지어 아무하고도 의논하지 않았지요. 그런 성격이니 집안 사정을 생각해서 나를 상고에 보내라는 친척들의 조언도 무시했습니다.

아, 유전자의 힘이란 얼마나 강한 걸까요. 엄마는 우리에게 무언가를 슬쩍 떨어뜨렸음이 틀림없습니다. 그것은 '조용한 끈질김'입니다. "언니, 나는 한쪽 구석이나 뒤에 가만히 서 있었는데 정신 차리고 보면 맨 앞에 서 있곤 해." 조용한 끈질김이 여동생에게도 있다는 것을 압니다. 늘 겸손한 사람의 말이니 믿지 않을 수 없지요.

'예술가'를 막연히 동경했습니다. 포기한 적 없으니 그 또한 '조용한 끈질김'이었다고 할 수 있을까요. 여고 시절 나는 그림과 글로 이야기하기를 즐겼지요. 그중 가장 인기 있었던 건 아라비안 나이트에 나오는 어부 이야기 중, 호리병에 갇힌 거인 이야기였습니다. 옆 친구에게 작은 소리로 그리며 이야기하고 있었는데 쉬는 시간이 끝날 때쯤이면 어느새 아이들에게 둘러싸여 있었지요. 생각하면 그 시절이 나의 화양연화였습니다.

글과 그림. 친구들은 두 가지를 그런대로 해내는 내 주변으로 모여들었습니다. 글로 풀 것인가. 그림으로 풀 것인가. 그림은 잘 보이는 곳에, 글은 안에 있었습니다. 그림은 크고 글은 작다. 그림은 잘 보이고 글은 잘 안 보인다. 그림은 멋지고 글은 비루하다. 잘 보이는 것이 더 중요하다고 생각했습니다. 내가 끌린 것은 '더 멋지게 보이는 것'이었을 확률이 높습니다. 마침 미술 선생님은 내가 미술반에 들어올 것을 간곡히 설득하고 있었지요. 기울어가는 살림에 대처로

여고를 보낸 엄마의 깊은 뜻과는 한참 거리가 있었는데도
말입니다.

한 친구가 다가왔습니다. 같은 방향이라며 매일 집까지
같이 걸어오며 많은 이야기를 나눴습니다. 나중에 자신의
집이 정반대 방향이라는 것이 밝혀졌지만. 그 친구는 독서
의 여왕이었습니다. 매달 책을 가장 많이 읽는 사람에게 주
는 상장을 전교생 중에 언제나 그 친구가 받았지요. 나는 그
때 그림을 많이 그려서 갖고 싶어 하는 친구들에게 나눠주
었습니다. 어느 날 작심한 듯 그 친구가 말했습니다. "얘, 한
가지만 해. 넌 쓰는 게 더 나아."

속마음을 들킨 듯 놀랐습니다. 나는 친구가 모욕을 느낄
만큼 심한 말로 화를 내며 친구를 돌려보냈지요. 그런데 그
말을 들은 이후로 미술반으로 당연히 옮기던 나의 발걸음을
점검하기 시작했습니다.

세월이 많이 흘러 미국에 이민 가 있는 또 다른 친구 집
에 갔을 때입니다. 친구는 내가 그려서 선물로 준 그림을 이
민 짐에 소중하게 싸서 가져갔었습니다. 그런데 나는 친구

가 다니는 대학의 전시실에 걸린 그녀의 그림을 보고 충격을 받았습니다. 구겨진 종이봉투가 넘어져, 담겨 있던 체리들이 와르르 쏟아지고 있는 수채화였습니다.

그것은 뭐랄까요. 사람이 진정 좋아하는 사람을 만나면 자기도 모르게 어릴 적에 짓던 표정이나 행동이 나타나는 것 같은 거라고 할까요. 그 그림은 친구의 마음결이나 근본, 성정을 잘 보여주고 있었습니다. 그림은 바로 친구 자신이었습니다. 진정한 예술가는 그래야 한다고 생각했습니다.

나는 내가 예술가가 되지 못한 이유를 계속 수집하고만 있었습니다. 예술가 되기는 틀렸으니 예술가가 될 사람과 결혼했습니다. 한 집에 예술가는 한 사람이면 충분했습니다. 예술가란 세상에 없는 것을 새롭게 만드는 절체절명의 사명을 가진 자여야 함과 동시에 누군가의 절대적인 뒷받침이 필요하므로 예술 관련 공부를 더 제대로 하고 좀 더 가능성이 있는 사람이 해야 마땅하다는 생각이었습니다. 뭐 딱히 내세울 만한 것이 있지도 않고 다만 마음 깊은 곳에 무언가 이물질처럼 따끔거리는 것이 있긴 했는데, 가끔 스멀스멀 기어 나오는 그런 것들은 봐도 모른 체했습니다. 그것은 형체가 없어 무엇이라고 말할 거리도 못 되었습니다. 젊음이 내게 머물러 있을 때, 나는 그것에게 영양이 될 만한 것을 주고 키운 기억이 없습니다.

내 마음속에는 늘 거친 바람이 불고 무엇을 해도 내 것 같지 않았습니다. 비가 오거나 바람이 마구 불거나 번쩍번쩍 번개 천둥이 일수록 마음이 차분해졌지만, 즐겁지도 않았습니다. 언젠가는 그려야 하는 멋진 그림 쪽을 짝사랑인 양 바라보고만 있었습니다. 꼭 해야 하는 과제를 계속 미루기만 하는 심정이었을까요. 예쁜 것을 예쁘게 그리는 것은 어렵지 않아도 새롭고 나만의 느낌이 있는 것을 그리는 일은 어려웠습니다.

예술적인 기질 혹은 예술가의 불씨는 모두 응강에 있었습니다. 아무리 털어내려 해도, 본 적 없는 모르는 얼굴이라고 부정해도 그늘에서 시름시름 말라가며 그런대로 꿋꿋이 지내고 있었나 봅니다. 무엇을 볼 때, 그것에 대하여 '그리고 싶다'가 아니라 '쓰고 싶다'가 그것입니다. 그래도 나는 애써 그것들을 외면했습니다. 애당초 차를 잘못 탔다고 생각했지요.

엄마는 요양병원의 대여섯 명의 청중 앞에서 말하고 있었습니다. "나의 큰딸은 미술대학 교수요." 내가 막 병실에 들어섰을 때 엄마의 눈을 충혈되어 있었고 그 말을 하면서 조금 울었다고 옆 침대의 할머니가 말해주었습니다. 그 말은 당신이 딸을 그렇게 키우고 싶었다는 의미이기도 했습니다. 엄마는 치매를 앓으며 희망 사항을 사실처럼 말하는 습관이 배었지요. 그 일은 '너는 내 자식 중 유일하게 재능 있는 자식'이라는 말을 자주 하며 한숨을 내쉬던 장면과 포개져 있었습니다. 세시 반 차를 태워 큰딸을 도시로 유학 보냈으나 세상의 유용함과는 거리가 먼 것만 잘하던 자식을 뒷바라지할 자신이 없었을 것입니다. 돌아오는 길, 나는 오랜만에 엄마와 혼자서 화해했습니다.

이제 내 밖의 광채 거의 다 사라지고 한 마리 잠자리처럼 가벼운 몸이 되어간다고 느끼는 요즈음, 내 안에서 까맣게 타들어가며 말라가던 어떤 것이 오랜 침묵을 깨고 내게 말하는 소리를 듣습니다. '나 아직 여기 있어' 하고.

그것은 아직 가지 않았습니다. 그리움이 한번 태어나 자리 잡으면 쉽게 떠나지 못하듯이.

그래서 새봄이 오면, 나는 나에게 수여할 겁니다. 그대는 옹강의 예술가라고. 옹강에 있는 것을 잘 관리하지 못했지만 끈질기게 유지한 것을 높이 사서.

세시 반 차에서 내려, 아주 늦게 도착한 그곳이 어딘지 찬찬히 둘러보겠습니다.

(호리병 속에 갇혀 있던 나를 세상으로 나오게 하신

고마운 분들께)

당신은 이미 거기에 있었다

이문재(시인 · 경희대 교수)

분위기가 살아나지 않았다. 한 달에 한 번 모이는 시 창작 스터디. 초창기 열기는 뜨거웠다. 일반 대학의 문예창작학과에도 나이 든 학생이 많은 편이지만, 사이버대 문창과는 학생의 평균 연령이 훨씬 높다. 길게는 삼십 년 넘도록 문학에 대한 꿈을 접어뒀다가 뒤늦게 도전하는 것인 만큼 수업에 대한 집중도가 남다르다.

사이버대라고 해서 모든 강의가 온라인으로만 이루어지는 않는다. 문창과의 경우, 한 달에 한 번 캠퍼스에서 '면대면 수업'을 진행한다. 다들 생업이 있어서 토요일 오후에 모인다. 습작 시를 들고 오는 학생은 서른 명 내외. 스터디 첫 학기에는 여섯 시간 동안 강의를 한 적도 있다. 멀리 여수나 부산, 제주에서 오는 학생도 있었다. 그런데 오 년 차로 접어들자 분위기가 예전 같지 않았다. 시 쓰기에 변화가 일어나지 않는 것이었다. 학생이나 나나 동어반복이었다. 더 이상 새로운 조언을 해줄 수가 없었다. 교실에 재학생보다 졸업생이 더 많은 것도 문제였다. 분명한 한계였다.

'특단의 조치'가 필요했다. 그래, 이참에 장르를 바꿔보자. 시에서 에세이로. 문체와 구성 방식을 유연하게 가보자, 자기 이야기를 쓰게 하자, 그러면 창작에 대한 진입 장벽이 낮아질 것이다. 그럴 만한 근거가 있었다. 당시 나는 일반 시민을 대상으로 '나를 위한 글쓰기' 강좌를 이끌고 있었다. 자기 삶을 돌아보는 에세이를 진행하다 보면 글 쓰는 이의 변화가 확연하다. 시와 달리 장르에 대한 강박 관념이 크게 작용하지 않는다. 내 경험에 의하면, 시 쓰기의 가장 큰 장애물은 '시처럼 써야 한다'는 완강한 자의식이다. 그래서 나는 '시처럼 쓰지 말라'고 매번 강조하는데, 의외로 먹혀들지 않는다. 학생들은 '시의 문'을 두드리지 않고 자기가 시라고 생각해온 '엉뚱한 집' 앞에서 서성거린다.

"우리, 에세이를 써보자." 위와 같이 배경을 설명하고 자기를 성찰하는 글을 쓰다 보면 치유 효과까지 일어난다고 덧붙였다. 학생들이 '시의 감옥'에서 풀려나는 느낌이었다. 성장기의 특별한 순간, 즉 잊을 수 없는 순간을 하나하나 산문으로 풀어내면서 그간 외면하거나 무심했던, 혹은 부정해 왔던 자기 자신과 만나기 시작했다. 최고의 순간, 다시 가고 싶은 그곳, 잊을 수 없는 밥상 등을 주제로 지나온 삶을 되돌아보게 되자 학생들의 낯빛이 달라졌다. 어떤 학생은 노모와 함께 포장마차를 하던 고단한 시절을, 또 어떤 학생은 자살한 아버지에 관한 쓰라린 추억을, 또 다른 학생은 1.5톤 트럭을 몰고 전국을 떠돌던 때를…… 신혼 초에 갑자기 몰려든 손님들을 대접하기 위해 칼로 닭의 목을 쳐야 했던 종갓집 맏며느리 이야기도 있었다. 그동안 쉽게 털어놓지 못했던 '상흔'을 공유하면서 동료와 선후배 사이도 한층 가까워졌다. 이미지보다 이야기가, 운문보다 산문의 힘이 더 셌다.

그때 우리가 산문 쪽으로 방향을 틀지 않았다면, 아마 이 책은 나오지 않았거나, 나오더라도 한참 뒤에 나오게 되었을지도 모른다. 민경숙 학생은 만학도였다. 선생인 나보다 나이가 많았다. 처음부터 눈에 띄는 학생은 아니었다. 습작시를 발표하고 합평하고 첨삭을 하던 시기, 그에 대한 기억이 거의 없다. 문장이 세련된 편이라는 정도. 그이는 말수가 없고 목소리도 작았다. 표정이 바뀌는 경우도 거의 없었다. 어쩌다 웃을 때에도 활짝 웃지 않고 웃다가 마는 듯했다. 정물화 같은 사람이었다. 에세이로 방향을 틀자 그의 글이 눈에 들어오기 시작했다. 여간만한 글솜씨가 아니었다.

학생 민경숙도 자신감이 붙었는지 스터디 뒤풀이 자리에도 자주 참석했다. 어느 초여름엔가는 손수 키운 푸성귀를 가져왔고, 어느 겨울에는 맛깔난 김치를 들고 오기도 했다. 후배를 다독이는 모습이 여간 자상한 게 아니었다. 이번 산문집에 실린 「따라쟁이」를 그 시절에 읽었다. 말없이 언니를 보살피는 여동생과 여동생에 대한 고마움과 미안함이 오롯하게 드러난 글이었다. 그때 나는 "자매지간이 부럽다"고 말했던 것 같다. 급기야 그의 에세이가 기다려지기 시작했다. 미술학원을 운영하던 시절, 시아버지와 남편에게 매를 맞고 살던 무지렁이 아낙네를 어엿한 독서가로 거듭나게 한 「김봉순전」도 스터디에서 접했다. '너무 웃자라' 행동거지가 큰언니 같았던 친구 복실이의 생애를 압축한 「검정 치마」도 토요일 오후 강의실에서 함께 만났다.

스터디는 2015년께 끝났는데 사실 그 이전에 벌써 끝냈어야 했다. 나는 2012년에 학교를 옮겼고 수강생도 졸업생이 대부분이었다. 내가 사이버대 강의를 계속하는 것도 아니었다. 이런저런 이유로 시 창작 교실을 그만두겠다고 통보했는데도 학생들은 말을 듣지 않았다. 결국 삼 년 정도 더 만났다. 스터디를 마무리할 때였던가. 민경숙 씨(그때는 졸업한 상태였다)에게 "글이 좋으니 책을 내보시라"고 권유했다. 그러고는 잊고 있었는데 어느 날부터 이메일이 오기 시작했다. 「손거울 있던 자리」를 읽고 나서 출판을 적극 주선해야겠다는 생각이 들었다. 나 혼자 읽기에는 너무 아까운 글들이었다.

이제 저자이니 학생이나 제자, 졸업생 같은 호칭을 버리고 '작가'라고 불러야겠다. 민경숙 작가의 산문은 그윽하고 섬세하고 품위가 있다. 내가 보기에 그윽하다는 것은 사유가 깊고 넓다는 것이고, 섬세하다는 것은 관찰과 묘사가 빼어나다는 것이며, 품위가 있다는 것은 인간과 삶에 대해 겸손하면서도 경건한 자세를 잃지 않는다는 것이다. 그의 글은 멀찌감치에서 응시하는 것 같다가도 어느새 대상의 안쪽으로 진입한다. 서로 다른 이야기를 연결시킬 때는 충돌하는 것 같으면서도 깊은 연관성을 갖는다. 다시 말해 그의 산문에는 성찰과 감동, 발견, 깨달음이 녹아들어 있다. 그의 에세이가 빼어나지 않았다면, 나는 「배롱나무」를 내가 몸담고 있는 대학의 글쓰기 교재에 수록하지 않았을 것이고, 「손거울 있던 자리」와 「두부 들어갑니다」 같은 글을 후배 문인들에게 읽어주지 않았을 것이다.

민경숙 작가의 에세이는 시와 소설의 경계에 있다. 자기 삶을 돌아보는 자전 에세이지만 어떤 경우에는 시보다 압축적이고, 시보다 더 이미지가 강하다. 감수성과 상상력은 말할 나위도 없다. 그의 이야기는, 예컨대 「손거울 있던 자리」나 「나무고개」, 「비자림 의원」, 「두부 들어갑니다」 같은 이야기는 웬만한 소설의 서사를 능가한다. 특히 뒤주에 숨어 살며 남몰래 유부남을 돌본 '현아 아줌마'의 생애는 얼마나 애절한가. 내가 드라마 작가였다면 이 산문집을 모티프 삼아 여러 편의 시나리오를 써냈을 것이다. 옷에 관해 성찰하는 글 「헌 옷 벗고 새 글 쓴다」에서 할머니가 자주 말씀하셨다는 "비단옷 입고 밤길 가는 꼴"이란 멋진 메타포를 민 작가의 지난날에 그대로 투사하고 싶다. 이런 비단옷을 입고 어찌 밤길만 골라 다녔단 말인가. 그것도 수십 년 동안이나.

우리의 작가는 "말할 수 없던 것"을 쓴다고 밝히고 있다. 그렇다. 문학은, 특히 자전 에세이는 그 누구에게도 쉽게 털어놓을 수 없는 삶의 속살, 생의 지층을 드러내는 것이다. 나는 장르의 위계에 대해 반감을 갖고 있거니와 시가 맨 윗길이고 에세이는 저 아랫길이라는 통념을 부수고 싶다. 나는 에세이 쓰기가 가장 어렵다. 시는 숨을 구석, 가릴 장치가 얼마든지 있다. 시의 화자 '나'는 대부분 익명이다. 시에서 '나'는 텅빈 괄호다. 누구나 들어갈 수 있는 '비밀스런 광장'이다. 하지만 자전 에세이는 그렇지 않다. 그럴 수가 없다. 자전 에세이에서 '나'는 유일무이한 '나'다. 그 누구와도 같지 않고, 그 누구에게도 양도할 수 없는, 그 누구로 대체할 수 없는, 우주 탄생 이래 최초이자 최후의 존재다. 그래서 나는 자전 에세이를 문학이 도달해야 할 가장 높은 위치라고 말하고 싶다.

나는 요즘 '촉진자'라는 낯선 용어를 즐겨 쓴다. 고백하거니와 나는 시를 촉진하는 데 실패했다. 이십 년 넘게 시 창작 강의실에 들어가고 있지만 매번 자괴감이 든다. 어떻게 해야 수강생의 내면에 웅크리고 있는 '시의 마음'을 일깨울 수 있는지 아직도 모르겠다. 하지만 에세이 쓰기는 상대적으로 수월하다. 촉진이 가능하다. 모든 예술이 그렇지만, 문학은 결국 자기 이야기를 쓰는 것이다. 결국 자기 이야기가 독자를 움직인다. 민경숙 작가의 에세이처럼 진솔한 자기 이야기가 독자로 하여금 독자 자신의 이야기를 불러오도록 촉진하는 것이다.

나는 이 발문이 (오래전에 사라진 제도이지만) '추천'을 완료하는 글이 되었으면 한다. 이 산문집 말미에 실린 「나 아직 여기 있어」는 작가의 삶, 즉 평생 예술을 추구해온 생을 요약한, 말 그대로 짧은 자서전으로 읽힌다. 고향 장흥에서 대처 광주로 가는 오후 세시 반 급행버스를 탔던 여고생이 오늘 '비단옷 입은 밤길'에서 걸어 나와 독자의 바다로 향하는 급행버스에 오른다. 축하한다. 민경숙 작가, 당신은 '아직 여기'에 있는 것이 아니고 '이미 거기'에 있었던 것이다. '발표'가 조금 늦었을 뿐이다.

축하할 일은 더 있다. 나로서는 문학 하는 동료를 새로 얻은 것이고, 우리 문학 동네는 빼어난 작가 한 사람을 영입한 것이며, 독자들은 에세이의 품격을 향유할 수 있는 기회를 잡은 것이기 때문이다. 나는 이 '비단옷'에서 광채가 난다고 감히 말할 수 있다. 눈 밝은 독자들이시여, 비단옷에서 뿜어져 나오는 빛과 향기를 만끽하시라. 그리하여 독자 여러분도 부디 자신의 이야기를 한 올 한 올 풀어내보시라.

꽃잎이 뜸 들이는 시간
© 민경숙

1판 1쇄 발행 | 2023년 10월 15일

지은이 | 민경숙
펴낸이 | 정홍수
편집 | 김현숙 이명주
펴낸곳 | (주)도서출판 강
출판등록 | 2000년 8월 9일(제2000-185호)

주소 | 서울시 마포구 동교로17안길 21(우 04002)
전화 | 02-325-9566
팩시밀리 | 02-325-8486
전자우편 | gangpub@hanmail.net

값 15,000원
ISBN 978-89-8218-326-3   03810